超级智慧大比拼

一本不能错过的谚语书

雨 田 主编

北方联合出版传媒（集团）股份有限公司
辽宁少年儿童出版社
沈 阳

前言

书是钥匙，能开启知识之门；书是阶梯，能助人登上智慧的高峰；书是良药，能医治愚昧之症；书是乳汁，能哺育人们成长。让我们在好书的引导下，一起探寻知识的奥秘……

《超级智慧大比拼》丛书旨在帮助小学生在打牢知识基础的同时，不断培养他们勤于思考、善于思考的能力，从而为今后的学习和生活打下良好的基础。本套丛书共8册，其中《一本不能错过的谚语书》《你没有读过的歇后语》通过生动有趣、形象简洁的文字描述，可以使小学生从中体会深刻的道理；《停不下来的成语接龙》可以培养小学生成语初步应用的能力，提升成语活学活用的能力；《扩充你的脑容量》通过综合训练，使小学生的逻辑思维能力和形象思维能力都能得到显著的提高。

此外，我们还在书中加入了一些扩展内容，目的是使小学生在掌握基础知识的同时，眼界变得更加开阔，头脑变得更加灵活。

本套丛书版式设计精美，插图生动有趣，内容丰富多彩，是小学生学习生活中不可多得的良师益友。好了，现在我们就开始阅读吧！

目录

一本不能错过的

谚语书

目录

一本不能错过的

谚语书

真理

zhēn lǐ zài huǒ li bú huì rán shāo zài shuǐ li bú huì chén mò
真理在火里不会燃烧，在水里不会沉没。

zhèng yì zhàn wú bú shèng zhēn lǐ gāo yú yí qiè
正义战无不胜，真理高于一切。

zhēn lǐ piān chā yí bù wǎng wǎng biàn chéng miù wù
真理偏差一步，往往变成谬误。

tài yáng de guāng huī zhē bú zhù zhēn lǐ de guāng máng pū bú miè
太阳的光辉遮不住，真理的光芒扑不灭。

xióng yīng de yǎn jing bú pà mí wù zhēn lǐ de guāng huī bú pà yún zhē
雄鹰的眼睛不怕迷雾，真理的光辉不怕云遮。

zhēn jīn bú pà huǒ liàn zhēn lǐ bú pà guǐ biàn
真金不怕火炼，真理不怕诡辩。

zhēn lǐ yào zài shí jiàn
真理要在实践

zhōng qiú dé
中求得。

cuò zhé shì tōng xiàng zhēn lǐ
挫折是通向真理

de jiē lì bàng
的接力棒。

sì shì ér fēi de zhēn lǐ
似是而非的真理，

jué duì bú shì zhēn zhèng de zhēn lǐ
绝对不是真正的真理。

piān jiàn bǐ wú zhī lí zhēn lǐ gèng yuǎn
偏见比无知离真理更远。

xìn qíng bù rú xìn lǐ
信情不如信理。

láo dòng chū zhì huì shí jiàn chū zhēn zhī
劳动出智慧，实践出真知。

tài yáng zhào liàng dà dì zhēn lǐ gǔ wǔ rén xīn
太阳照亮大地，真理鼓舞人心。

hòu yún cái néng jiàng dà yǔ zhēn lǐ cái néng shuō fú rén
厚云才能降大雨，真理才能说服人。

yǐ lì fú rén shēn fú yǐ lǐ fú rén xīn fú
以力服人，身服；以理服人，心服。

chún gāng yā bù wān　zhēn lǐ bó bù dǎo
纯钢压不弯，真理驳不倒。

jīn qián néng shōu mǎi xiǎo rén　què bù néng shōu mǎi zhēn lǐ
金钱能收买小人，却不能收买真理。

yǒu lǐ bú pà shì lái yā
有理不怕势来压。

yǒu lǐ zǒu biàn tiān xià　wú lǐ cùn bù nán xíng
有理走遍天下，无理寸步难行。

dù li yǒu bìng huà jiù ruǎn　yǒu le zhēn lǐ dǎn jiù zhuàng
肚里有病话就软，有了真理胆就壮。

lǐ zì méi duō zhòng　wàn rén bān bú dòng
“理”字没多重，万人搬不动。

huì zǒu zǒu bú guò yǐng zi　huì shuō shuō bú guò zhēn lǐ
会走走不过影子，会说说不过真理。

hún shuǐ yuè dèng yuè qīng
浑水越澄越清，
zhēn lǐ yuè biàn yuè míng
真理越辩越明。

dēng bù bō bú liàng　lǐ
灯不拨不亮，理
bú biàn bù míng
不辩不明。

本质

dīng shì dīng　mǎo shì mǎo
丁是丁，卯是卯。

chún zhēn de jīn zi　guāng zé yǒng yuǎn bú biàn
纯真的金子，光泽永远不变。

tiān xià wū yā yì bān hēi
天下乌鸦一般黑。

jiāng shān yì gǎi　běn xìng nán yí
江山易改，本性难移。

shēng jiāng gǎi bù liǎo là wèi er
生姜改不了辣味儿。

shēng chéng de luò tuo biàn bù chéng xiàng
生成的骆驼变不成象。

hóu zi zài cōng míng
猴子再聪明

yě bú huì jiě shéng jié
也不会解绳结。

tiān xià yáng méi yí yàng suān
天下杨梅一样酸。

nǎ yǒu māo er bù chī xīng
哪有猫儿不吃腥？

bīng xuě yā bù dǎo qīng cǎo wū yún zhē bú zhù tài yáng
冰雪压不倒青草，乌云遮不住太阳。

yuè liang zài liàng yě shài bù gān gǔ zi
月亮再亮也晒不干谷子。

yún zài gāo yě zài tài yáng dǐ xia
云再高，也在太阳底下。

rèn tā xuě shān gāo rì chū bīng zì xiāo
任它雪山高，日出冰自消。

yáng shù kāi huā jiē bù chéng lí shí tou dàn zi fū bù chū jī
杨树开花结不成梨，石头蛋子孵不出鸡。

jī dàn li zhǎo bù chū gǔ tou lái
鸡蛋里找不出骨头来。

名人告诉你

人的面孔要比人的嘴巴说出来的东西更多，更有趣，因为嘴巴说出的只是人的思想，而面孔说出的是思想的本质。

——［德］叔本华

我能坚持我的不完美，它是我生命的本质。

——［法］法朗士

规律

shuǐ liú qiān lǐ guī dà hǎi
水流千里归大海。

rén shì yǒu dài xiè wǎng lái chéng gǔ jīn
人事有代谢，往来成古今。

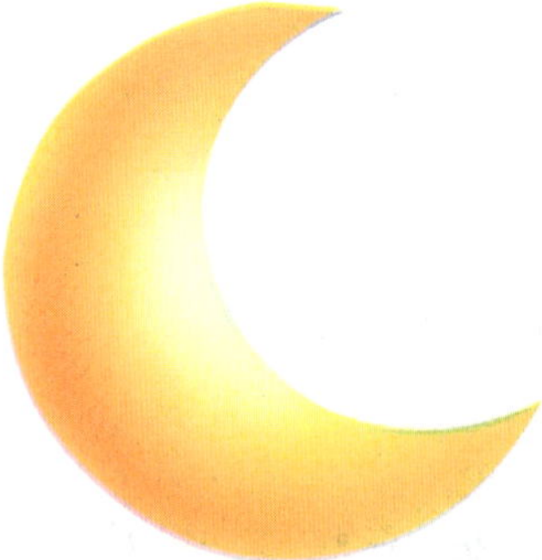

yuè er yǒu yuán yǒu quē huā er yǒu kāi yǒu xiè
月儿有圆有缺，花儿有开有谢。

tiān wú cháng yuán zhī yuè rén wú bú sàn zhī xí
天无常圆之月，人无不散之席。

rén yǒu bēi huān lí hé yuè yǒu yīn qíng yuán quē
人有悲欢离合，月有阴晴圆缺。

rén wǎng gāo chù zǒu shuǐ wǎng dī chù liú
人往高处走，水往低处流。

hǎi kuò yǒu biān hǎi shēn yǒu dǐ
海阔有边，海深有底。

táo huā sān yuè kāi　jú huā jiǔ yuè kāi　gè zì děng shí lái
桃花三月开，菊花九月开，各自等时来。

guā shú dì luò　shuǐ dào qú chéng
瓜熟蒂落，水到渠成。

gāo shān méi yǒu bù zhǎng cǎo de　dà hǎi méi yǒu bù shēng yú de
高山没有不长草的，大海没有不生鱼的。

shén me téng jiē shén me guā　shén me shù kāi shén me huā
什么藤结什么瓜，什么树开什么花。

shén me gēn　shén me miáo　shén me hú lu jiē shén me piáo
什么根，什么苗，什么葫芦结什么瓢。

shàng liáng bú zhèng xià liáng wāi
上梁不正下梁歪。

yuǎn shuǐ jiù bù liǎo jìn huǒ
远水救不了近火。

mào mù zhī xià wú fēng cǎo
茂木之下无丰草。

dà shù zhī xià　bì yǒu kū zhī
大树之下，必有枯枝。

jí shuǐ yě yǒu huí tóu làng
急水也有回头浪。

fēn jiǔ bì hé　hé jiǔ bì fēn
分久必合，合久必分。

名人告诉你

谚语就是那些人们在长期实践的基础上概括出来的精练语言。

——[西]塞万提斯

谚语是很有价值的东西，人民的思想像奶油似的浓浓地搅和在里面。

——[苏联]高尔基

wù jí bì fǎn pǐ jí tài lái
物极必反，否极泰来。

yè yuè hēi xīng yuè míng
夜越黑，星越明。

zài tián de gān zhe bù rú táng
再甜的甘蔗不如糖。

shuǐ kě fú zhōu yì kě fù zhōu
水可浮舟，亦可覆舟。

chuán dào qiáo tóu zì rán zhí
船到桥头自然直。

qiū hòu mà zha bèng bù jiǔ zào li wū guī mìng bù cháng
秋后蚂蚱蹦不久，灶里乌龟命不长。

shì yǒu còu qiǎo wù yǒu ǒu rán
事有凑巧，物有偶然。

zài měi yí gè guó jiā li tài yáng dōu shì zǎo chen shēng qǐ de
在每一个国家里，太阳都是早晨升起的。

wū yún zhē bú zhù tài yáng de wēi xiào
乌云遮不住太阳的微笑。

bù guǎn yǔ duō dà zǒng yǒu tiān qíng de shí hou
不管雨多大，总有天晴的时候。

guāng xiàn chōng zú de dì fang yǐng zi yě jiù tè bié hēi
光线充足的地方，影子也就特别黑。

jǐng shuǐ bù shēng yú kū shù bù kāi huā
井水不生鱼，枯树不开花。

niú dú zǒng néng zhǎo dào zì jǐ de niáng
牛犊总能找到自己的娘。

xiàng yá zài hǎo zǒng bù néng xiāng zài zuǐ li
象牙再好，总不能镶在嘴里。

yú jiǎo bù hún dà hǎi wù yā bù dǎo gāo shān
鱼搅不浑大海，雾压不倒高山。

fēng zài dà yě guā bù dǎo shān
风再大，也刮不倒山。

má bù dài zuò bù chū piào liang de yī fu
麻布袋做不出漂亮的衣服。

tài yáng zǒng shì cóng dōng fāng shēng qǐ
太阳总是从东方升起，

quán shuǐ zǒng shì chán chán liú xià shān qù
泉水总是潺潺流下山去。

关键

ná yú xiān ná tóu　páo shù yào páo gēn
拿鱼先拿头，刨树要刨根。

shè rén xiān shè mǎ　qín zéi xiān qín wáng
射人先射马，擒贼先擒王。

dǎ shé dǎ qī cùn
打蛇打七寸。

chuī dí yào chuī zài yǎn er shang　dǎ gǔ yào dǎ zài diǎn er shang
吹笛要吹在眼儿上，打鼓要打在点儿上。

dǎ hǔ yào dǎ tóu　shā jī yào gē hóu
打虎要打头，杀鸡要割喉。

huā zài shù shang kāi　bié wàng dì xià gēn
花在树上开，别忘地下根。

yáng tāng zhǐ fèi　bù rú fǔ dǐ chōu xīn
扬汤止沸，不如釜底抽薪。

shāng qí shí zhǐ　bù rú duàn qí yì zhǐ
伤其十指，不如断其一指。

名人告诉你

不下决心培养思考习惯的人，便失去了生活中的最大乐趣。

——[法]法朗士

远见

gāo shān dǐng shang kàn de yuǎn
高山顶上看得远。

jié zé ér yú rì hòu méi yú
竭泽而渔，日后没鱼。

gāo dēng zhào yuǎn liàng cháng xiàn fàng yuǎn yào
高灯照远亮，长线放远鹞。

liú dé qīng shān zài bú pà méi chái shāo
留得青山在，不怕没柴烧。

cháo yǒu zhǎng yǒu luò rén yǒu shèng yǒu shuāi
潮有涨有落，人有盛有衰。

ān bù kě wàng wēi zhì bù kě wàng luàn
安不可忘危，治不可忘乱。

fán shì yù zé lì bú yù zé fèi
凡事预则立，不预则废。

名人告诉你

丧失远见的人不是那些没有达到目标的人们，而往往是从目标旁边溜过去的人们。
——[法]拉罗什富科

世界会向那些有目标和远见的人让路。
——[中]冯两努

bǎi rì dǎ chái yí rì shāo
百日打柴一日烧。

mó dāo bú wù kǎn chái gōng
磨刀不误砍柴工。

bú zhòng jīn nián zhú nǎ yǒu lái nián sǔn
不种今年竹，哪有来年笋？

shān shuǐ wèi lái xiān zhù dī wèi dào hé biān xiān tuō xuē
山水未来先筑堤，未到河边先脱靴。

qíng dài yǔ sǎn bǎo cún jī liáng
晴带雨伞，饱存饥粮。

xián shí bù shāo xiāng jí shí bào fó jiǎo
闲时不烧香，急时抱佛脚。

家庭

yì jiā zhī jì zài yú hé jiā tíng fēn liè kǔ nǎo duō
一家之计在于和，家庭分裂苦恼多。

kāi mén qī jiàn shì chái mǐ yóu yán jiàng cù chá
开门七件事，柴米油盐酱醋茶。

bù dāng jiā bù zhī chái mǐ guì bù ná chèng zěn zhī jīn hé liǎng
不当家，不知柴米贵；不拿秤，怎知斤和两。

jiā bù hé wài rén qī
家不和，外人欺。

jiàn fù chí mén hù shèng guò yí zhàng fū
健妇持门户，胜过一丈夫。

guó yǒu guó fǎ jiā yǒu jiā guī
国有国法，家有家规。

xìng fú de jiā tíng dōu shì xiāng sì de bú xìng de jiā tíng gè yǒu gè de bú xìng
幸福的家庭都是相似的，不幸的家庭各有各的不幸。

xiōng dì hé lì shān chéng yù fù zǐ tóng xīn tǔ biàn jīn
兄弟合力山成玉，父子同心土变金。

xiōng dì hé qi jīn bú huàn zhóu li hé qi jiā bú sàn
兄弟和气金不换，妯娌和气家不散。

jiā hé wàn shì xīng
家和万事兴。

cūn zi tuán jié lì liàng dà jiā tíng tuán jié xìng fú duō
村子团结力量大，家庭团结幸福多。

xiōng dì liǎng gè xīn bù qí shǒu li huáng jīn yào biàn ní
兄弟两个心不齐，手里黄金要变泥。

父母

mǔ qīn néng tīng dǒng bú huì shuō huà de hái zi de yǔ yán
母亲能听懂不会说话的孩子的语言。

fù mǔ de xīn zài ér nǚ shēn shang ér nǚ de xīn zài wài tou
父母的心在儿女身上，儿女的心在外头。

niáng xiǎng ér cháng jiāng shuǐ ér xiǎng niáng kū yì cháng
娘想儿，长江水；儿想娘，哭一场。

mǔ qīn de xīn shì ér nǚ de tiān táng
母亲的心是儿女的天堂。

zhī zǐ mò ruò fù
知子莫若父。

ér bù xián mǔ chǒu gǒu bù xián jiā pín
儿不嫌母丑，狗不嫌家贫。

dǎ zài ér shēn téng zài niáng xīn
打在儿身，疼在娘心。

mà zài zuǐ shang　ài zài xīn shang
骂在嘴上，爱在心上。

mǔ qīn shì yí gè　zǐ nǚ gè bù tóng
母亲是一个，子女各不同。

tián bú guò fēng mì　qīn bú guò mǔ nǚ
甜不过蜂蜜，亲不过母女。

ér xíng qiān lǐ mǔ dān yōu
儿行千里母担忧。

fù mǔ shì hái zi de jìng zi
父母是孩子的镜子。

fù mǔ de měi dé shì ér nǚ zuì dà de cái fù
父母的美德是儿女最大的财富。

méi yǒu shén me bǐ bā gé dá gèng měi lì　méi yǒu shén me bǐ mǔ qīn gèng kě xìn
没有什么比巴格达更美丽，没有什么比母亲更可信。

老师

jǐng yào táo　rén yào jiāo
井要淘，人要教。

jǐng táo sān biàn chī tián shuǐ　rén cóng sān shī wǔ yì gāo
井淘三遍吃甜水，人从三师武艺高。

yán shī chū gāo tú
严师出高徒。

yí rì wéi shī　zhōng shēn wéi fù
一日为师，终身为父。

bù jīng yì shī　bù zhǎng yí yì
不经一师，不长一艺。

sān rén xíng　bì yǒu wǒ shī
三人行，必有我师。

rén rén shì xiān sheng　rén rén shì xué shēng
人人是先生，人人是学生；
xiān dāng xué shēng　hòu dāng xiān sheng
先当学生，后当先生。

名人告诉你

学生如果把先生当作一个范本，而不是一个敌手，他就永远不能青出于蓝。
——［俄］别林斯基

邻居

bú yào xuǎn zé fáng wū ér yào xuǎn zé lín jū
不要选择房屋，而要选择邻居。

dòng shēn zhī qián yào zhǎo hǎo lǚ bàn gài fáng zhī qián yào zhǎo hǎo lín jū
动身之前要找好旅伴，盖房之前要找好邻居。

xiāng jìn de lín jū shèng guò yuǎn fāng de xiōng dì
相近的邻居，胜过远方的兄弟。

guā zài lín jū fáng dǐng shang de dà fēng bú huì rào kāi nǐ jiā de fáng zi
刮在邻居房顶上的大风，不会绕开你家的房子。

hé mù lín jū hǎo shèng yú chuān pí ǎo
和睦邻居好，胜于穿皮袄。

lín jū hǎo　wú jià bǎo
邻居好，无价宝。

méi yǒu mù tou　zhī bu qǐ fáng zi　méi yǒu lín jū　guò bù hǎo rì zi
没有木头，支不起房子；没有邻居，过不好日子。

yuǎn qīn bù rú jìn lín　jìn lín bù rú duì mén
远亲不如近邻，近邻不如对门。

xiāng lín shèng guò qīn rén
乡邻胜过亲人。

qiān jīn mǎi hù　bā bǎi mǎi lín
千金买户，八百买邻。

yì jiā yǒu shì　sì lín bù ān
一家有事，四邻不安。

lín jiā shī huǒ　bú jiù zì wēi
邻家失火，不救自危。

朋友

qīn qi shì shàng dì ān pái de péng you shì zì jǐ tiāo xuǎn de
亲戚是上帝安排的，朋友是自己挑选的。

xiōng dì kě néng bú shì péng you ér péng you cháng cháng shì xiōng dì
兄弟可能不是朋友，而朋友常常是兄弟。

méi yǒu péng you shì jiè jiù chéng le huāng yě
没有朋友，世界就成了荒野。

cái fù bú shì péng you péng you cái shì cái fù
财富不是朋友，朋友才是财富。

péng you de yì quán shèng guò dí rén de yì wěn
朋友的一拳，胜过敌人的一吻。

suǒ wèi yǒu yì jiù shì yì kē xīn zài liǎng gè shēn tǐ li
所谓友谊，就是一颗心在两个身体里。

shéi bù dǒng de yǒu yì shéi jiù bú huì shēng huó
谁不懂得友谊，谁就不会生活。

qī piàn péng you shì yí cì hài le zì jǐ shì zhōng shēng
欺骗朋友是一次，害了自己是终生。

nìng yuàn hē péng you de kāi shuǐ yě bù hē dí rén de fēng mì
宁愿喝朋友的开水，也不喝敌人的蜂蜜。

qiān qiān wàn wàn pǐ hǎo mǎ huàn bù lái zhēn zhèng de yǒu qíng
千千万万匹好马，换不来真正的友情。

qí kuài mǎ de gǎn jué bú dào lù yuǎn péng you duō de gǎn jué bú dào kùn nan
骑快马的，感觉不到路远；朋友多的，感觉不到困难。

zài jiā kào fù mǔ chū wài kào péng you
在家靠父母，出外靠朋友。

zhì qīn bù rú hǎo yǒu yán shī bù rú yì yǒu
至亲不如好友，严师不如益友。

nìng yào yì bǎi gè péng you bú yào yì bǎi gè lú bù
宁要一百个朋友，不要一百个卢布。

dí rén de wēi xiào shì shāng hài péng you de zé nàn shì yǒu ài
敌人的微笑是伤害，朋友的责难是友爱。

zhēn péng you yù nàn jiù bāng，jiǎ péng you yù nàn jiù rǎng
真朋友遇难就帮，假朋友遇难就嚷。

zhì huì bù píng nián líng píng xīn líng，yǒu yì bú zài yì shí zài píng shí
智慧不凭年龄凭心灵，友谊不在一时在平时。

zhēn péng you，tóng dǎ hǔ，tóng chī ròu；jiǎ péng you，jiàn lì lái，jiàn hài zǒu
真朋友，同打虎，同吃肉；假朋友，见利来，见害走。

sǔn yǒu jìng ér yuǎn，yì yǒu jìng ér qīn
损友敬而远，益友敬而亲。

xū wěi de péng you，yù shì cháng diǎn tóu hā yāo
虚伪的朋友，遇事常点头哈腰。

jū bì zé qí lín，jiāo bì zé qí yǒu
居必择其邻，交必择其友。

xiàng mǎ yǐ yú，xiàng shì yǐ jū
相马以舆，相士以居。

zhǎo péng you de zuì hǎo fāng fǎ，jiù shì xiān qù zuò bié rén de péng you
找朋友的最好方法，就是先去做别人的朋友。

jūn zǐ zhī jiāo dàn rú shuǐ xiǎo rén zhī jiāo gān ruò lǐ
君子之交淡如水，小人之交甘若醴。

jié jiāo bù xián pín xián pín yǒu bù chéng
结交不嫌贫，嫌贫友不成。

bēi bǐ yǔ jiǎo zhà de kāi shǐ jiù shì yǒu yì de zhōng jié
卑鄙与狡诈的开始，就是友谊的终结。

liàn tiě xū yào yǒu yìng huǒ jiāo yǒu xū yào yǒu chéng xīn
炼铁需要有硬火，交友需要有诚心。

mǎi mǎ yào kàn yá kou jiāo péng you yào mō mo xīn dǐ
买马要看牙口，交朋友要摸摸心底。

jié lìng bú dào bù zhī lěng nuǎn rén bù xiāng chǔ bù zhī hòu báo
节令不到，不知冷暖；人不相处，不知厚薄。

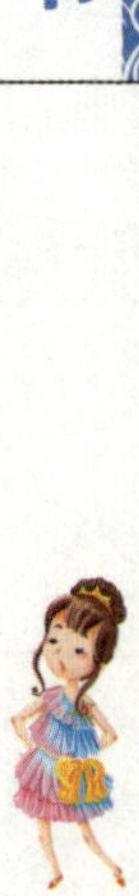

子女

bié yǐ kuò fù zì ào　yào yǐ hǎo ér zì háo
别以阔父自傲，要以好儿自豪。

zuì hǎo de mǎ yào rén xùn　zuì líng lì de hái zi yào rén xùn
最好的马要人驯，最伶俐的孩子要人训。

jiǎo mù chèn yòu　yù rén chèn shào
矫木趁幼，育人趁少。

dāo bù mó kuài nán kǎn chái　hái zi bú jiào nán chéng cái
刀不磨快难砍柴，孩子不教难成材。

shǒu xīn shǒu bèi dōu shì ròu
手心手背都是肉。

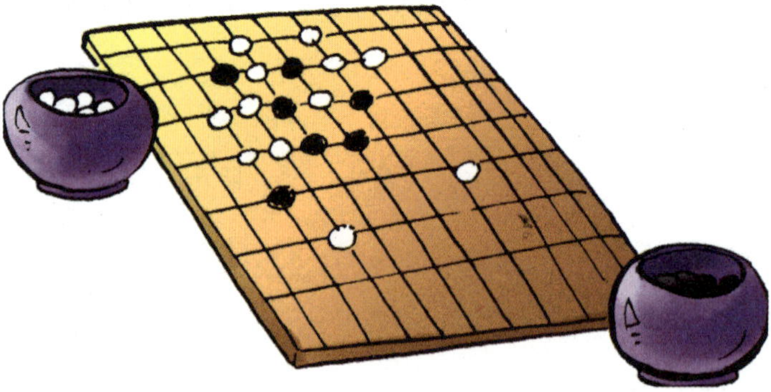

nìng yǎng wán zǐ mò
宁养顽子，莫

yǎng dāi zi
养呆子。

yí shù zhī guǒ yǒu suān
一树之果，有酸

yǒu tián yì mǔ zhī zǐ yǒu yú yǒu xián
有甜；一母之子，有愚有贤。

yǒu qián nán mǎi zǐ sūn xián
有钱难买子孙贤。

bú qiú jīn yù chóng chóng guì dàn yuàn ér sūn gè gè xián
不求金玉重重贵，但愿儿孙个个贤。

diē niáng yǎng shēn zì jǐ zhǎng xīn
爹娘养身，自己长心。

yǎng zǐ bú jiào bù rú bú yào
养子不教，不如不要。

自我

gěi zì jǐ chàng zàn gē de rén tīng zhòng zhǐ yǒu yí gè
给自己唱赞歌的人，听众只有一个。

yuè shì wú néng de rén yuè xǐ huan tiāo bié rén de cuò
越是无能的人，越喜欢挑别人的错。

tiě guàn mò shuō guō zhān huī jì yú mò shuō lǐ tuó bèi
铁罐莫说锅沾灰，鲫鱼莫说鲤驼背。

rén kàn bú jiàn zì jǐ de guò cuò luò tuo kàn bú jiàn zì jǐ de bó zi cháng
人看不见自己的过错，骆驼看不见自己的脖子长。

rén bù zhī zì chǒu mǎ bù zhī liǎn cháng
人不知自丑，马不知脸长。

zhǐ jiàn bié rén méi mao duǎn bú jiàn zì jǐ tóu fa cháng
只见别人眉毛短，不见自己头发长。

kàn rén tiāo dàn bù chī lì zì
看人挑担不吃力，自
jǐ tiāo dàn bù bù xiē
己挑担步步歇。

yǎn lì zuì hǎo de rén yě kàn bú
眼力最好的人，也看不
jiàn zì jǐ de ěr duo
见自己的耳朵。

kàn zì jǐ yì duǒ huā kàn bié rén yì liǎn má
看自己一朵花，看别人一脸麻。

rén jia de jiè cài zǐ er shǔ de qīng zì jǐ de guā guǒ dào nòng
人家的芥菜籽儿数得清，自己的瓜果倒弄
bù míng
不明。

zì jǐ méi yǒu kù zi chuān hái xiào bié rén xī gài pò
自己没有裤子穿，还笑别人膝盖破。

kǔ guā bù zhī zì shēn zhòu fǎn xiào tǔ dòu liǎn er má
苦瓜不知自身皱，反笑土豆脸儿麻。

zuì kùn nan de shì qing jiù shì rèn shi zì jǐ
最困难的事情就是认识自己。

zì zhī zhī míng shì zuì nán dé de zhī shi
自知之明是最难得的知识。

zhǐ yǒu zài rén qún zhōng jiān cái néng rèn shi zì jǐ
只有在人群中间，才能认识自己。

tiān shàng de fán xīng shǔ de qīng zì jǐ liǎn shang de méi yān què kàn bú jiàn
天上的繁星数得清，自己脸上的煤烟却看不见。

zuì líng mǐn de rén yě kàn bú jiàn zì jǐ de bèi jǐ
最灵敏的人也看不见自己的背脊。

měi gè rén dōu zhī dào zì jǐ xié zi jǐ jiǎo de dì fang
每个人都知道自己鞋子挤脚的地方。

bú huì píng jià zì jǐ jiù bú huì píng jià bié rén
不会评价自己，就不会评价别人。

rú guǒ nǐ zhǐ huī bù liǎo zì jǐ yě jiù zhǐ huī bù liǎo bié rén
如果你指挥不了自己，也就指挥不了别人。

dāng miàn pà nǐ de rén bèi hòu yí dìng hèn nǐ
当面怕你的人，背后一定恨你。

wū yā luò zài zhū shēn shang kàn jiàn bié rén hēi kàn bú jiàn zì jǐ hēi
乌鸦落在猪身上，看见别人黑，看不见自己黑。

suàn mìng de rén bú huì
算命的人，不会

suàn zì jǐ de hǎo huài kàn fēng shuǐ de rén
算自己的好坏；看风水的人，
bú huì kàn zì jǐ de fén dì
不会看自己的坟地。

bú kàn bù bǐ zhān zhān zì xǐ yí
不看不比，沾沾自喜；一
kàn yì bǐ xiāng chà wàn lǐ
看一比，相差万里。

zì jǐ shuō hǎo bù guāng cǎi bié rén
自己说好不光彩，别人
shuō hǎo cái piào liang
说好才漂亮。

bú pà rén bú jìng zhǐ pà jǐ bú zhèng
不怕人不敬，只怕己不正。

rén bù zhī jǐ guò shì gè cǎo bāo huò
人不知己过，是个草包货。

nǐ zǒu nǐ de yáng guān dào wǒ guò wǒ de dú mù qiáo
你走你的阳关道，我过我的独木桥。

dà dào tōng tiān gè zǒu yì biān
大道通天，各走一边。

名人告诉你

每个人都有一个与众相同的自我和一个与众不同的自我，只是所占比例不同。

——［英］劳伦斯

我评定一个人的真正的价值只有一个标准：看他在多大程度上摆脱了“自我”，他摆脱了“自我”，又是为什么。

——［美］爱因斯坦

差别

zuì měi lì de hóu zi hé rén lèi bǐ yě shì chǒu lòu de
最美丽的猴子和人类比也是丑陋的。

cǎo yuán méi yǒu yí yàng de mǎ huā yuán méi yǒu yí yàng de huā
草原没有一样的马，花园没有一样的花。

qiān rén qiān pí qi wàn rén wàn mú yàng
千人千脾气，万人万模样。

yí cài nán hé bǎi rén kǒu
一菜难合百人口。

rén yǒu shí bù tóng huā yǒu shí yàng hóng
人有十不同，花有十样红。

yì guō cài yǒu xián yǒu dàn
一锅菜，有咸有淡；
yí shù guǒ yǒu suān yǒu tián
一树果，有酸有甜。

yí shù guǒ zi yǒu suān tián shí gè zhǐ tou
一树果子有酸甜，十个指头

yǒu cháng duǎn
有长短。

hào chá zhě bú rù jiǔ lóu
好茶者不入酒楼。

yú yǒu yú lù xiā yǒu xiā lù ní qiu huáng shàn gè yǒu yí lù
鱼有鱼路，虾有虾路；泥鳅黄鳝，各有一路。

bú yào yì gāo dǎ dǎo yì chuán rén
不要一篙打倒一船人。

xiù huā zhēn duì tiě liáng dà xiǎo gè yǒu yòng chǎng
绣花针对铁梁，大小各有用场。

shǎn shǎn fā guāng de jīn zi dài tì bù liǎo shēng tiě de yòng tú
闪闪发光的金子，代替不了生铁的用途。

zhú zi zhà bù chū táng shuǐ zhù lí ba kě bù néng méi yǒu tā
竹子榨不出糖水，筑篱笆可不能没有它。

大小

huā jiāo zǐ er suī xiǎo kě shì má de hěn
花椒籽儿虽小，可是麻得很。

duì mǎ yǐ lái shuō yì wǎn shuǐ jiù shì hǎi yáng
对蚂蚁来说，一碗水就是海洋。

shù dà yǐng dà shù xiǎo yǐng xiǎo
树大影大，树小影小。

yí cùn bù láo wàn zhàng wú yòng
一寸不牢，万丈无用。

shòu sǐ de luò tuo
瘦死的骆驼

bǐ mǎ dà
比马大。

niú dà yā bù sǐ
牛大压不死

shī zi
虱子。

dà quán tou dǎ bù
大拳头打不

zháo tiào zao
着跳蚤。

lǎo yīng zhuǎ zi dà bù yí dìng zhuō de zhù cāng ying
老鹰爪子大，不一定捉得住苍蝇。

yǎn jing suī xiǎo kě yǐ kàn dào shì jiè
眼睛虽小，可以看到世界。

zhēn zhū suī xiǎo jià zhí qiān jīn
珍珠虽小，价值千金。

zhēn jiān er dà de kū long dǒu dà de fēng
针尖儿大的窟窿，斗大的风。

má què suī xiǎo wǔ zàng jù quán
麻雀虽小，五脏俱全。

zú zi guò hé néng chī jū mǎ pào
卒子过河能吃车马炮。

cùn cǎo néng dǎng zhù dà fēng
寸草能挡住大风。

chǐ shuǐ néng xīng bǎi zhàng làng
尺水能兴百丈浪。

xīng xīng zhī huǒ kě yǐ liáo yuán
星星之火，可以燎原。

bào yǔ néng gòu chuān tōng wū dǐng xì yǔ néng gòu chuān tōng yán shí
暴雨能够穿通屋顶，细雨能够穿通岩石。

多少

yíng huǒ chóng zài duō　yě bǐ bú shàng yì zhǎn míng dēng
萤火虫再多，也比不上一盏明灯。

qiān jīn bù wéi duō　sì liǎng bú suàn shǎo
千斤不为多，四两不算少。

qiān niǎo zài shù　bù rú yì niǎo zài shǒu
千鸟在树，不如一鸟在手。

qiān yáng zhī pí　bù rú yì hú zhī yè
千羊之皮，不如一狐之腋。

lù shui zài duō yě guàn bù mǎn jǐng
露水再多也灌不满井。

chē duō bú ài lù　chuán duō bú ài jiāng
车多不碍路，船多不碍江。

困难

nǎ lǐ yǒu kùn nan　nǎ lǐ jiù yǒu lì liàng
哪里有困难，哪里就有力量。

méi yǒu pá bú shàng de shān　méi yǒu guò bú qù de hé
没有爬不上的山，没有过不去的河。

wàn shì kāi tóu nán
万事开头难。

bào fēng yǔ zhé bú duàn xióng yīng de chì bǎng
暴风雨折不断雄鹰的翅膀。

qīng shuǐ néng zhào jiàn rén de yǐng zi　kùn nan néng zhào jiàn rén de xīn
清水能照见人的影子，困难能照见人的心。

chū bù liǎo láo lóng jiàn bù liǎo tiān
出不了牢笼见不了天。

zǒu jìn yáng cháng xiǎo dào
走尽羊肠小道，
bì rán yù shàng yáng guān dà dào
必然遇上阳关大道。

wēi wǔ miàn qián bù qū xī kùn nan miàn qián bù zhé yāo
威武面前不屈膝，困难面前不折腰。

zhǐ yǒu shàng bú qù de tiān méi yǒu xià bú qù de shān
只有上不去的天，没有下不去的山。

kùn nan xiàng tán huáng kàn nǐ qiáng bù qiáng nǐ qiáng tā jiù ruò nǐ ruò tā jiù qiáng
困难像弹簧，看你强不强；你强它就弱，你弱它就强。

gāng tiě pà huǒ liàn kùn nan pà zhì jiān
钢铁怕火炼，困难怕志坚。

shān gāo dǎng bú zhù yú gōng kùn nan xià bù dǎo yīng xióng
山高挡不住愚公，困难吓不倒英雄。

bào fēng chuī bù dǎo kūn lún shān kùn nan xià bù dǎo yīng xióng hàn
暴风吹不倒昆仑山，困难吓不倒英雄汉。

fēng làng li shì duò shǒu kùn nan zhōng shí yīng xióng
风浪里试舵手，困难中识英雄。

hǎo hàn miàn qián wú kùn nan kùn nan dāng zhōng chū yīng xióng
好汉面前无困难，困难当中出英雄。

jīng bù qǐ fēng chuī làng dǎ suàn bú shàng yīng xióng hǎo hàn
经不起风吹浪打，算不上英雄好汉。

先后

mò dào jūn xíng zǎo gèng yǒu zǎo xíng rén
莫道君行早，更有早行人。

lái de zǎo bù rú lái de qiǎo
来得早，不如来得巧。

xiān pàng bú suàn pàng hòu pàng yā tā kàng
先胖不算胖，后胖压塌炕。

因果

yǒu yīn bì yǒu guǒ yǒu lì bì yǒu hài
有因必有果，有利必有害。

yǒu chē jiù yǒu zhé yǒu shù jiù yǒu yǐng
有车就有辙，有树就有影。

zhòng guā dé guā zhòng dòu dé dòu
种瓜得瓜，种豆得豆。

yǒu fēng jiù yǒu làng yǒu huǒ jiù yǒu yān
有风就有浪，有火就有烟。

hǎo shù jiē hǎo guǒ hǎo tiě zhù hǎo guō
好树结好果，好铁铸好锅。

名人告诉你

在泥土下面最黑暗的地方，才能发现金刚钻；在深入缜密的思考中，才能发现真理。
——[法]雨果

是真理使人变得伟大，而不是人使真理变得伟大。
——[法]罗曼·罗兰

bù guā chūn fēng　nán xià qiū yǔ
不刮春风，难下秋雨。

dì xià méi yǒu gēn　dì shang bù zhǎng cǎo
地下没有根，地上不长草。

tiān bú xià yǔ hé bù zhǎng
天不下雨河不涨。

fēng bù guā　shù bù yáo　shī bù yǎo　shǒu bù náo
风不刮，树不摇；虱不咬，手不挠。

cāng ying bù dīng wú fèng de dàn
苍蝇不叮无缝的蛋。

jīn tiān lái kè　wǎng rì yǒu yì　jīn
今天来客，往日有意；今
rì dǎ jià　wǎng rì yǒu qì
日打架，往日有气。

hǎo mú zi chū hǎo pī　hǎo yáo kǒu chū
好模子出好坯，好窑口出
hǎo cí
好瓷。

huā xiāng mì fēng duō　shuǐ tián rén ài hē
花香蜜蜂多，水甜人爱喝。

dù zi li yǒu shí　gē bo shang yǒu jìn
肚子里有食，胳膊上有劲。

chě zhe ěr duo lián zhe sāi　hú zi méi mao fēn bù kāi
扯着耳朵连着腮，胡子眉毛分不开。

zhēn wǎng nǎ lǐ zuān　xiàn wǎng nǎ lǐ chuān
针往哪里钻，线往哪里穿。

guān mén dǎ gǔ　xiǎng shēng zài wài
关门打鼓，响声在外。

yì shí jī qǐ qiān céng làng
一石激起千层浪。

yǒu shén me yàng de niǎo　jiù yǒu shén me yàng de wō
有什么样的鸟，就有什么样的窝。

bīng dòng sān chǐ　fēi yí rì zhī hán
冰冻三尺，非一日之寒。

虚实

hú li yóu zhe de dà lǐ yú bù rú zhuō shang de xiǎo jì yú
湖里游着的大鲤鱼，不如桌上的小鲫鱼。

yǎn jiàn shì zhēn ěr wén shì xū
眼见是真，耳闻是虚。

zhēn de jiǎ bù liǎo jiǎ de zhēn bù liǎo
真的假不了，假的真不了。

yún cai jīng bù qǐ fēng chuī zhāo lù jīng bú zhù rì shài
云彩经不起风吹，朝露经不住日晒。

cǎi hóng suī měi shì xiàn xiàng jīng léi suī xiǎng shì kōng shēng
彩虹虽美是现象，惊雷虽响是空声。

bīng shang gài bú zhù fáng wū xuě li cáng bú zhù zhēn zhū
冰上盖不住房屋，雪里藏不住珍珠。

行动

yǔ yán zhǐ bú guò shì yè zi xíng dòng cái shì guǒ shí
语言只不过是叶子，行动才是果实。

kàn yīng kàn tā de fēi xiáng kàn rén kàn tā de xíng wéi
看鹰看它的飞翔，看人看他的行为。

cí lìng de líng hún jiù shì xíng dòng
辞令的灵魂就是行动。

shuō de hǎo bù rú zuò de hǎo
说得好不如做得好。

shí gè kōng tán jiā dǐ bú shàng yí gè shí gàn jiā
十个空谈家，抵不上一个实干家。

zhǐ shuō bú zuò děng yú qī piàn zì jǐ
只说不做，等于欺骗自己。

yōu liáng de shì fàn shì zuì hǎo de shuō fú
优良的示范是最好的说服。

nǎ lǐ de huà jiǎng de
哪里的话讲得
duō nǎ lǐ de shì jiù zuò de shǎo
多，哪里的事就做得少。

ài jiào de niǎo bú zuò kē
爱叫的鸟不做窠。

chéng shí bǐ kōng huà zhí qián xíng dòng bǐ yǔ
诚实比空话值钱，行动比语
yán yǒu lì
言有力。

dòu fu hǎo chī jiāng nán mò
豆腐好吃浆难磨。

dōng shān kàn zhe xī shān gāo kàn zhe róng yì zuò zhe nán
东山看着西山高，看着容易做着难。

bǎ yǔ yán huà wéi xíng dòng bǐ bǎ xíng dòng huà wéi yǔ yán kùn nan
把语言化为行动，比把行动化为语言困难
de duō
得多。

读书

guāng yīn gěi rén jīng yàn　dú shū gěi rén zhī shi
光阴给人经验，读书给人知识。

kāi juàn yǒu yì
开卷有益。

dú hǎo shū jiù shì tóng xǔ duō gāo shàng de rén tán huà
读好书就是同许多高尚的人谈话。

dú shū bù zhī yì　bù rú jiáo shù pí
读书不知意，不如嚼树皮。

wēi wēi de shān fēng lí bù kāi yún wù　gāo míng de rén lí bù kāi dú shū
巍巍的山峰离不开云雾，高明的人离不开读书。

quán yào cháng liàn　shū yào cháng niàn
拳要常练，书要常念。

dú shū xū yòng xīn　yí zì zhí qiān jīn
读书须用心，一字值千金。

niú chī cǎo　yào fǎn chú　rén dú shū　yào sī kǎo
牛吃草，要反刍；人读书，要思考。

dú wàn juàn shū　xíng wàn lǐ lù
读万卷书，行万里路。

dú bú jìn de shì jiān shū　zǒu bú jìn de tiān xià lù
读不尽的世间书，走不尽的天下路。

dú shū pò wàn juàn　xià bǐ rú yǒu shén
读书破万卷，下笔如有神。

锻炼

yùn dòng shì jiàn kāng de yuán quán
运动是健康的源泉。

rì guāng kōng qì hé qīng shuǐ duàn liàn shēn tǐ sān jiàn bǎo
日光、空气和清水，锻炼身体三件宝。

huó dòng hǎo bǐ líng zhī cǎo hé bì kǔ bǎ xiān fāng zhǎo
活动好比灵芝草，何必苦把仙方找。

shēn tǐ yuè liàn yuè zhuàng
身体越练越壮，
nǎo zi yuè yòng yuè líng
脑子越用越灵。

zhuāng jia méi féi
庄稼没肥
màn zhǎng rén bú duàn
慢长，人不锻
liàn bú zhuàng
炼不壮。

nián qīng tiào tiào bèng bèng
年轻跳跳蹦蹦，

dào lǎo méi bìng méi tòng
到老没病没痛。

nǎo pà bú yòng shēn pà bú dòng
脑怕不用，身怕不动。

jìng ér shǎo dòng yǎn huā ěr lóng
静而少动，眼花耳聋；
yǒu jìng yǒu dòng wú bìng wú tòng
有静有动，无病无痛。

lǎn sǎn yì shēng bìng qín láo kě jiàn shēn
懒散易生病，勤劳可健身。

cháng xǐ shǒu bìng shǎo yǒu cháng liàn quán shòu yán nián
常洗手，病少有；常练拳，寿延年。

yùn dòng shǐ rén jiàn kāng cháng shòu jìng zhǐ shǐ rén shuāi ruò duǎn shòu
运动使人健康长寿，静止使人衰弱短寿。

磨炼

mài yào mò cái huì yǒu miàn，yù yào zhuó cái néng chéng qì

麦要磨才会有面，玉要琢才能成器。

bǐ qín néng shǐ shǒu kuài，duō liàn néng shǐ shǒu qiǎo

笔勤能使手快，多练能使手巧。

rén zài shì shang liàn，dāo zài shí shang mó

人在世上练，刀在石上磨。

lì shì yā dà de，dǎn shì xià dà de

力是压大的，胆是吓大的。

qiān chuí chéng lì qì，bǎi liàn biàn chún gāng

千锤成利器，百炼变纯钢。

chuī jìn kuáng shā shǐ dào jīn

吹尽狂沙始到金。

bǎi zhàn chéng yǒng shì，kǔ liàn chū jīng bīng

百战成勇士，苦练出精兵。

yǎo de cài gēn　bǎi shì kě zuò
咬得菜根，百事可做。

yù bù zhuó　bù chéng qì　rén bù xué　bù zhī lǐ
玉不琢，不成器；人不学，不知理。

gōng fu dào jiā　shí tou kāi huā
功夫到家，石头开花。

dī shuǐ kě yǐ chuān shí　lí tou kě yǐ mó zhēn
滴水可以穿石，犁头可以磨针。

bú pà qǐ diǎn dī　jiù pà bú dào dǐ
不怕起点低，就怕不到底。

jīng shuāng gān zhe lǎo lái tián
经霜甘蔗老来甜。

yán shī chū gāo tú　yì jīng kào mó liàn
严师出高徒，艺精靠磨炼。

huā pén li zhǎng bù chū cāng sōng　niǎo lóng li fēi bù chū xióng yīng
花盆里长不出苍松，鸟笼里飞不出雄鹰。

yào tiāo qiān jīn dàn　xiān liàn tiě jiān bǎng
要挑千斤担，先练铁肩膀。

nián qīng bǎo jīng fēng yǔ　lǎo lái bú pà bīng shuāng
年轻饱经风雨，老来不怕冰霜。

旅行

chū mén sān lǐ dì　jiù shì tā xiāng rén
出门三里地，就是他乡人。

zài jiā qiān rì hǎo　chū wài yì shí nán
在家千日好，出外一时难。

jiāng hú zǒu de lǎo　liù yuè dài mián ǎo
江湖走得老，六月带棉袄。

shí lǐ mò wèn fàn　èr shí lǐ mò wèn sù
十里莫问饭，二十里莫问宿。

zhǐ yào mài kāi liǎng jiǎo　nǎ chóu qiān lǐ tiáo tiáo
只要迈开两脚，哪愁千里迢迢。

wèi wǎn xiān tóu sù　jī míng zǎo kàn tiān
未晚先投宿，鸡鸣早看天。

zuò chuán zuò tóu　zuò chē zuò wěi
坐船坐头，坐车坐尾。

xíng chuán zǒu mǎ sān fēn xiǎn
行船走马三分险。

jí zǒu bīng　màn zǒu ní　kuài zǒu huá lù màn zǒu qiáo
急走冰，慢走泥，快走滑路慢走桥。

guā fēng zǒu xiǎo xiàng　xià yǔ zǒu dà jiē
刮风走小巷，下雨走大街。

zǒu lù bú yòng wèn　dà lù méi yǒu xiǎo lù jìn
走路不用问，大路没有小路近。

zǒu lù wèn lǎo dà　pī chái pī xiǎo tóu
走路问老大，劈柴劈小头。

xíng lù néng kāi kǒu　tiān xià suí biàn zǒu
行路能开口，天下随便走。

duō hǎn yì shēng lǎo biǎo　shǎo zǒu shí lǐ tiáo tiáo
多喊一声老表，少走十里迢迢。

shàng yǒu tiān táng　xià yǒu sū háng
上有天堂，下有苏杭。

guì lín shān shuǐ jiǎ tiān xià　yáng shuò shān shuǐ jiǎ guì lín
桂林山水甲天下，阳朔山水甲桂林。

wǔ yuè guī lái bú kàn shān　huáng shān guī lái bú kàn yuè
五岳归来不看山，黄山归来不看岳。

事业

shì yè shì shēng mìng zhī yán
事业是生命之盐。

rén de líng hún biǎo xiàn zài tā de shì yè shang
人的灵魂表现在他的事业上。

xū róng de rén zhù shì zhe zì jǐ de míng zi guāng róng de rén zhù shì zhe zǔ guó de shì yè
虚荣的人注视着自己的名字，光荣的人注视着祖国的事业。

dà yàn gāo fēi bú shì wèi le xuàn yào chì bǎng yīng xióng zuò shì bú shì wèi le dé dào zàn yáng
大雁高飞，不是为了炫耀翅膀；英雄做事，不是为了得到赞扬。

měi mào chí zǎo huì xiāo shī chéng jiù yǒng yuǎn liú rén jiān
美貌迟早会消失，成就永远留人间。

yào chéng jiù yí xiàng shì yè bì xū huā diào bì shēng de jīng lì
要成就一项事业，必须花掉毕生的精力。

睡眠

xià bú shuì shí　dōng bú kùn bǎn
夏不睡石，冬不困板。

zǎo shuì zǎo qǐ　sài guò rén shēn bǔ shēn tǐ
早睡早起，赛过人参补身体。

chī yáng shēn　bù rú shuì wǔ gēng
吃洋参，不如睡五更。

yí yè bú sù　shí yè bù zú　yí yè bú shuì　shí yè bù xǐng
一夜不宿，十夜不足；一夜不睡，十夜不醒。

zǎo shuì zǎo qǐ　qīng shuǎng huān xǐ　chí shuì chí qǐ　qiáng lā yǎn pí
早睡早起，清爽欢喜；迟睡迟起，强拉眼皮。

zǎo shuì zǎo qǐ　méi bìng rě nǐ
早睡早起，没病惹你。

chī bà zhōng fàn shuì yí jiào　jiàn jiàn kāng kāng huó dào lǎo
吃罢中饭睡一觉，健健康康活到老。

wǎn cān shǎo hē shuǐ　shuì qián bù yǐn chá
晚餐少喝水，睡前不饮茶。

yào xiǎng shēn tǐ hǎo　chī fàn bié tài bǎo　yào xiǎng shēn tǐ hǎo
要想身体好，吃饭别太饱；要想身体好，
tiān tiān yào qǐ zǎo　yào xiǎng shēn tǐ hǎo　shuì jiào bù méng nǎo
天天要起早；要想身体好，睡觉不蒙脑。

zuò yǒu zuò xiàng　shuì yǒu shuì xiàng　shuì jiào yào xiàng wān yuè liang
坐有坐相，睡有睡相，睡觉要像弯月亮。

kē shuì méi gēn　yuè shuì yuè shēn
瞌睡没根，越睡越深。

tān chī tān shuì　tiān bìng jiǎn suì
贪吃贪睡，添病减岁。

zuò chéng de huáng zhǒng　shuì chéng de bìng
坐成的黄肿，睡成的病。

wú bìng tiān tiān kùn　méi bìng kùn chéng bìng
无病天天困，没病困成病。

jiǔ duō nǎo dai chén　jiào duō tuǐ jiǎo ruǎn
酒多脑袋沉，觉多腿脚软。

思考

sān sī ér xíng xíng ér zài sī
三思而行，行而再思。

yú chǔn de rén tiān tiān
愚蠢的人天天
gǎndào wú liáo cōngmíng de rén shí
感到无聊，聪明的人时
shí dōu zài sī kǎo
时都在思考。

cōng míng de rén bú dòng nǎo jīn jiù huì yí shì wú chéng
聪明的人不动脑筋就会一事无成。

yí gè rén mào zi de jià zhí bìng bù děng yú tā tóu nǎo de jià zhí
一个人帽子的价值，并不等于他头脑的价值。

shéi bú yòng nǎo zi qù sī suǒ shéi jiù zài shí jiàn zhōng shuāi gēn tou
谁不用脑子去思索，谁就在实践中摔跟头。

nìng yào yí gè shàn yú sī kǎo de tóu nǎo bú yào yí gè xī li hú
宁要一个善于思考的头脑，不要一个稀里糊
tú de tóu lú
涂的头颅。

名人告诉你

读书仅向大脑提供知识原料，只有思考才能把所学的书本知识变成我们自己的东西。
——[英]洛克

sī suǒ　jiù shì gēn zì jǐ zhēng lùn
思索，就是跟自己争论。

chéng shì wéi duō yuǎn lǜ　bài shì jiē yīn shǎo xiǎng
成事唯多远虑，败事皆因少想。

jì yào lè yú shēn shòu kǔ　gèng yào shě de nǎo shòu lèi
既要乐于身受苦，更要舍得脑受累。

yí cì shēn sī shú lǜ　shèng guò bǎi cì cǎo shuài xíng dòng
一次深思熟虑，胜过百次草率行动。

kāi kǒu zhī qián yào yǒu kǎo lǜ　zhuó shǒu zhī qián yào yǒu zhǔn bèi
开口之前要有考虑，着手之前要有准备。

shì bù sān sī　bì yǒu hòu huǐ
事不三思，必有后悔。

yào xué hǎo　duō dòng nǎo　yào xué shēn　bì rèn zhēn
要学好，多动脑；要学深，必认真。

xīn yào cháng cāo　tǐ yào cháng láo
心要常操，体要常劳。

学习

dāo yào mó cái fēng lì rén yào xué cái cōng míng
刀要磨才锋利，人要学才聪明。

yuè xué xí yuè huì fā xiàn zì jǐ wú zhī
越学习，越会发现自己无知。

xué xí hǎo bǐ jià chē dēng shān bù qián jìn jiù hòu tuì
学习好比驾车登山，不前进就后退。

cháng wèn lù de rén bú huì mí shī fāng xiàng
常问路的人不会迷失方向。

zào zhú qiú míng dú shū qiú lǐ
造烛求明，读书求理。

bù zhī dào bú suàn cán kuì bù xiǎng zhī dào cái shì xiū chǐ
不知道不算惭愧，不想知道才是羞耻。

dú shū zài yú zào jiù wán shàn de rén gé
读书在于造就完善的人格。

dāo bù mó bú kuài rén bù xué bù dǒng
刀不磨不快，人不学不懂。

zhōng bù qiāo bù míng rén bù xué bù líng
钟不敲不鸣，人不学不灵。

yào xiǎng dǒng de duō jiù yào shuì de shǎo
要想懂得多，就要睡得少。

běn lǐng shì cóng kùn nan zhōng xué huì de
本领是从困难中学会的。

shéi yào xiǎng yǒu zhī shi jiù děi duō qǐng jiào
谁要想有知识，就得多请教。

hào wèn wú xū liǎn hóng wú zhī cái yīng xiū kuì
好问无须脸红，无知才应羞愧。

shú dú táng shī sān bǎi shǒu bú huì zuò shī yě huì yín
熟读唐诗三百首，不会作诗也会吟。

yí rì bù shí zé jī yí rì bù xué
一日不食则饥，一日不学
zé yú
则愚。

bù zhī zé wèn bù dǒng zé xué
不知则问，不懂则学。

qín xué de rén zhī shi yuān bó
勤学的人，知识渊博；
lǎn duò de rén qiǎn bó wú néng
懒惰的人，浅薄无能。

bù xué xí de rén xiàng bù zhǎng gǔ
不学习的人像不长谷
wù de huāng dì
物的荒地。

xué hǎo qiān rì bù zú xué huài yì tiān yǒu yú
学好千日不足，学坏一天有余。

hēi fà bù zhī qín xué zǎo bái fà fāng huǐ dú shū chí
黑发不知勤学早，白发方悔读书迟。

píng rì xià le kǔ gōng fu yòng shí cái jiàn zhēn xué wen
平日下了苦功夫，用时才见真学问。

bié wèi lì yì pǎo rén qián bié jiāng xué xí là rén hòu
别为利益跑人前，别将学习落人后。

xué huì sān tiān　xué hǎo sān nián
学会三天，学好三年。

huó dào lǎo　xué dào lǎo
活到老，学到老。

bǔ lòu chèn tiān qíng　dú shū chèn nián qīng
补漏趁天晴，读书趁年轻。

hào xué de rén yǒng yuǎn zhāo qì péng bó
好学的人永远朝气蓬勃。

rén guì yǒu zhì　xué guì yǒu héng
人贵有志，学贵有恒。

正直

xīn dì tǎn dàng　shuì de wěn dang
心地坦荡，睡得稳当。

zhēn zhèng de xiàng yá bú pà chóng zhù
真正的象牙不怕虫蛀。

jīn zi zhān mǎn wū huì　yě bú huì shī qù tā de jià zhí
金子沾满污秽，也不会失去它的价值。

pà jiù bú yào shuō　shuō le jiù bié pà
怕就不要说，说了就别怕。

nìng kě xī shēng　bù kě qū fú
宁可牺牲，不可屈服。

shéi dī xià bó zi
谁低下脖子，
shéi jiù huì bèi rén dàng
谁就会被人当
mǎ qí
马骑。

bú zuò zéi　xīn
不做贼，心

bù jīng bù chī yú zuǐ bù xīng
不惊；不吃鱼，嘴不腥。

rén zhèng bú pà yǐng xié jiǎo zhèng bú pà xié wāi
人正不怕影斜，脚正不怕鞋歪。

gēn shēn bú pà fēng yáo dòng shù zhèng hé chóu yuè yǐng xié
根深不怕风摇动，树正何愁月影斜。

quán tou shang lì dé rén gē bo shang zǒu dé mǎ
拳头上立得人，胳膊上走得马。

píng shēng bú zuò kuī xīn shì bàn yè qiāo mén xīn bù jīng
平生不做亏心事，半夜敲门心不惊。

chuán kào duò zhèng rén kào xīn zhèng
船靠舵正，人靠心正。

dào lù kě yǐ wān rén xīn bù kě wān
道路可以弯，人心不可弯。

lǐ zhèng bú pà guān xīn zhèng bú pà tiān
理正不怕官，心正不怕天。

yīng xióng hǎo hàn yí kuài gāng chuí bù biǎn lái niǔ bù wān
英雄好汉一块钢，锤不扁来扭不弯。

fù guì bù néng yín pín jiàn bù néng yí wēi wǔ bù néng qū
富贵不能淫，贫贱不能移，威武不能屈。

yù suì bù gǎi bái zhú fén bù huǐ jié
玉碎不改白，竹焚不毁节。

nìng kě zhí zhōng qǔ bù kě qū zhōng qiú
宁可直中取，不可曲中求。

nìng hē kāi xīn zhōu bù chī zhòu méi fàn
宁喝开心粥，不吃皱眉饭。

nìng wèi yù suì bú wèi wǎ quán
宁为玉碎，不为瓦全。

nìng yuàn zhàn zhe sǐ jué bú guì zhe shēng
宁愿站着死，决不跪着生。

才能

fù guì cáng zài cái néng li bú zài cái chǎn zhōng
富贵藏在才能里，不在财产中。

yǒu cái néng de rén jiù zài yú liǎo jiě bié rén shēn shang de cái néng
有才能的人就在于了解别人身上的才能。

yí gè guó jiā de rén cái hǎo bǐ kuàng cáng li de huáng jīn
一个国家的人才，好比矿藏里的黄金。

chǎn shēng tiān cái de tǔ rǎng bǐ rén cái hái yào nán zhǎo
产生天才的土壤比人才还要难找。

shǐ rén xìng fú de bú shì tǐ lì yě bú shì jīn qián ér shì zhèng yì hé duō cái
使人幸福的不是体力，也不是金钱，而是正义和多才。

诚实

chéng shí bǐ zhū bǎo gèng kě guì
诚实比珠宝更可贵。

zhēn zhèng de lǎo shi rén cái shì zuì cōng míng de rén
真正的老实人，才是最聪明的人。

chéng shí rén de yǎn jing jiù shì tiān píng
诚实人的眼睛就是天平。

nìng zuò lǎo shi rén bù zhuāng cōng míng rén
宁做老实人，不装聪明人。

bú yào guāng jiào shǒu gān jìng hái yào shǐ xīn líng chún jié
不要光叫手干净，还要使心灵纯洁。

niú mǎ yáng qún féi zhuàng de hǎo pǐn zhì xìng gé chéng shí de hǎo
牛马羊群肥壮的好，品质性格诚实的好。

yí gè yīn xiǎn de rén yǒu sì
一个阴险的人有四

shí gè xīn yǎn er sì shí gè chéng shí de rén zhǐ yǒu yí gè xīn yǎn er
十个心眼儿，四十个诚实的人只有一个心眼儿。

bù yòng xiàn féng mù yòng jiāo zhān xīn yòng chéng lián
布用线缝，木用胶粘，心用诚连。

mǎi mǎ yào shì bù fá kàn rén yào kàn xīn yǎn er
买马要试步伐，看人要看心眼儿。

shuō huà yào chéng shí bàn shì yào gōng dao
说话要诚实，办事要公道。

kè bó bú zhuàn qián zhōng hòu bù shí běn
刻薄不赚钱，忠厚不蚀本。

坚定

xī zuò de máo tóu róng yì zhé duàn bù jiān dìng de rén róng yì bèi pàn
锡做的矛头容易折断，不坚定的人容易背叛。

yīng xióng de jǐ liáng shì yìng de pàn tú de xī gài shì ruǎn de
英雄的脊梁是硬的，叛徒的膝盖是软的。

bù jiān dìng de rén jiù xiàng zhǐ yān tóu shang de huī fēng yì chuī jiù wǎng xià diào
不坚定的人就像纸烟头上的灰，风一吹就往下掉。

jiǎo gēn zhàn de wěn jiān bǎng jiù yìng
脚跟站得稳，肩膀就硬。

liǎng jiǎo zhàn de láo bú pà dà fēng yáo
两脚站得牢，不怕大风摇。

fēng chuī yún dòng tiān bú dòng shuǐ tuī chuán yí àn bù yí
风吹云动天不动，水推船移岸不移。

健康

jiàn kāng de shēn tǐ jiù shì cái fù
健康的身体就是财富。

lè guān shǐ rén cháng shòu
乐观使人长寿。

xīn qíng yú kuài shì ròu tǐ yǔ jīng shén de zuì jiā wèi shēng fǎ
心情愉快是肉体与精神的最佳卫生法。

shēng qì cuī rén lǎo, xiào xiao biàn nián shào
生气催人老，笑笑变年少。

shēn tǐ jiàn kāng, shì shēng mìng de xìng fú
身体健康，是生命的幸福。

yǐ cái wéi cǎo, yǐ shēn wéi bǎo
以财为草，以身为宝。

yǒu cái wàn shì zú　wú bìng yì shēn qīng
有才万事足，无病一身轻。

láo dòng shì shí yù de fù qīn　shì xiāo huà de zǔ fù　shì jiàn kāng de zēng zǔ
劳动是食欲的父亲，是消化的祖父，是健康的曾祖。

hú tu chóng bù zhī cōng míng de kě guì　jiàn kāng rén bù zhī huàn bìng de tòng kǔ
糊涂虫不知聪明的可贵，健康人不知患病的痛苦。

yǒu qián nán mǎi lǎo lái shòu
有钱难买老来瘦。

huā de shèng kāi zài xià tiān　rén de jiàn zhuàng zài qīng nián
花的盛开在夏天，人的健壮在青年。

yuè wú cháng yuán　rén wú cháng shòu
月无长圆，人无长寿。

谨慎

xiōng měng de yě shòu hài bú dào jǐn shèn de mǎ er
凶猛的野兽害不到谨慎的马儿。

lí ba zā de jǐn hú li zuān bú jìn
篱笆扎得紧，狐狸钻不进。

qiǎn hé yào dàng shēn hé dù
浅河要当深河渡。

méi yǒu mǎi hǎo gāng wǎn xiān bié dǎ suì cí wǎn
没有买好钢碗，先别打碎瓷碗。

zài hǎo de shè shǒu yě yǒu shè bú zhòng de shí hou
再好的射手也有射不中的时候。

chū sè de gǔ shǒu yě yǒu dǎ cuò pāi zi de shí hou
出色的鼓手也有打错拍子的时候。

jùn mǎ nán miǎn shī tí
骏马难免失蹄。

qī cì liáng yī yí cì cái
七次量衣一次裁。

bù juǎn kù tuǐ bú guò hé　bù mō dǐ xì bù kāi qiāng
不卷裤腿不过河，不摸底细不开腔。

shéng kǔn sān dào jǐn　zhàng suàn sān biàn wěn
绳捆三道紧，账算三遍稳。

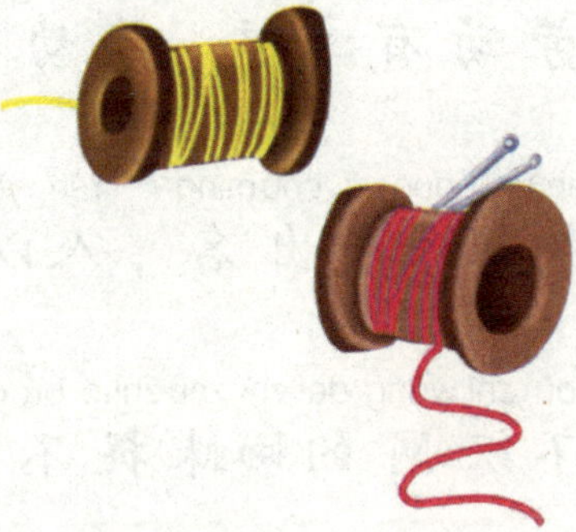

xīn yào rè　tóu yào lěng
心要热，头要冷。

mǎ zhì tān　bù jiā biān
马至滩，不加鞭。

bǎi mì yě yǒu yì shū
百密也有一疏。

jiān nán de shí hou yào jiān dìng　shùn lì de shí hou yào jǐn shèn
艰难的时候要坚定，顺利的时候要谨慎。

hóu zi huì pá shù　yǒu shí yě huì diē xià lái
猴子会爬树，有时也会跌下来。

勤劳

láo dòng yǒu xìng fú láo dòng dé zhì huì
劳动有幸福，劳动得智慧。

shù yǐ guǒ zi chū míng rén yǐ láo dòng chū běn lǐng
树以果子出名，人以劳动出本领。

bù zhī wǎng de zhī zhū zhuō bú dào chóng zi
不织网的蜘蛛捉不到虫子。

láo dòng de shǒu néng gòu
劳动的手能够
bǎ shí tou biàn chéng jīn zi
把石头变成金子，
bù láo dòng de shǒu néng gòu
不劳动的手能够
bǎ jīn zi biàn chéng shí tou
把金子变成石头。

qīng nián shí zhòng xià shén me
青年时种下什么，
lǎo nián shí jiù shōu huò shén me
老年时就收获什么。

láo dòng de guǒ shí bǐ yí qiè guǒ shí yào tián
劳动的果实比一切果实要甜。

qín láo yí rì kě dé yí yè ān mián qín láo yì shēng kě dé
勤劳一日，可得一夜安眠；勤劳一生，可得
xìng fú cháng mián
幸福长眠。

liú duō shao hàn chī duō shao fàn
流多少汗，吃多少饭。

yào chī fàn dà jiā gàn jiā li bù yǎng xián lǎn hàn
要吃饭，大家干，家里不养闲懒汉。

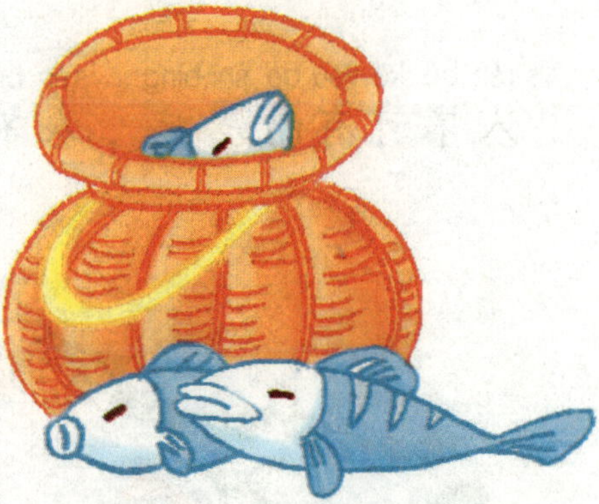

ná fǔ de dé chái huo
拿斧的得柴火，
zhāng wǎng de dé yú xiā
张网的得鱼虾。

bié rén gěi de fàn néng bǎo
别人给的饭能饱
yì tiān zì jǐ láo dòng dé lái
一天，自己劳动得来
de néng bǎo yì nián
的能饱一年。

tōu qiè dé lái de cái fù yǒu tuǐ láo dòng dé lái de cái fù yǒu gēn
偷窃得来的财富有腿，劳动得来的财富有根。

yì nián zhī jì zài yú chūn yì shēng zhī jì zài yú qín
一年之计在于春，一生之计在于勤。

lěng tiān bú dòng xià lì hàn huáng tǔ bù kuī qín láo rén

冷天不冻下力汉，黄土不亏勤劳人。

yǒu yì fēn gēng yún cái yǒu yì fēn shōu huò

有一分耕耘才有一分收获。

yáng chūn sān yuè bú zuò gōng hán dōng là yuè hē běi fēng

阳春三月不做工，寒冬腊月喝北风。

féi liào shì tǔ dì de bǎo bèi hàn shuǐ shì fēng shōu de mì zhī

肥料是土地的宝贝，汗水是丰收的蜜汁。

duō kàn tián tóu shǎo shàng jiē tóu

多看田头，少上街头。

rén bù kě yǒu de shì bìng rén bù kě wú de shì qín

人不可有的是病，人不可无的是勤。

láo dòng zhě zuì lǐ jiě xìng fú
劳动者最理解幸福。

láo dòng kě yǐ shǐ píng shí biàn chéng jié rì
劳动可以使平时变成节日。

láo dòng kě yǐ shǐ rén bǎi tuō jì mò è xí hé pín kùn
劳动可以使人摆脱寂寞、恶习和贫困。

zhí dé zì háo de shì láo dòng ér bú shì piào liang de liǎn dàn er
值得自豪的是劳动，而不是漂亮的脸蛋儿。

láo dòng shì zuì kě kào de cái fù
劳动是最可靠的财富。

shéi yǒu yà má zhǒng zi shéi jiù yǒu zì jǐ de chèn yī
谁有亚麻种子，谁就有自己的衬衣。

guāng píng dǎo gào pú tao shì zhǎng bù qǐ lái de bì xū yòng chú tou hé tiě qiāo lái láo dòng
光凭祷告，葡萄是长不起来的，必须用锄头和铁锹来劳动。

bù láo dòng jí shǐ shì chí táng li de yú yě lāo bù qǐ lái
不劳动，即使是池塘里的鱼也捞不起来。

chūn tiān zhòng xià qiū tiān shōu yǎn qián cún xià jiāng lái yòng
春天种下秋天收，眼前存下将来用。

jué jǐng de rén yǒu quán cóng jǐng zhōng qǔ shuǐ
掘井的人有权从井中取水。

yào shǐ chē zi zǒu de kuài jiù děi gěi chē zi qín shàng yóu
要使车子走得快，就得给车子勤上油。

bǎi huā shèng kāi de shí hou yuán dīng lèi wān le yāo
百花盛开的时候，园丁累弯了腰。

zuì hǎo shì shuō wǒ zài máng gàn huó bú yào shuō wǒ zài máng liáo tiān
最好是说“我在忙干活”，不要说“我在忙聊天”。

chéng gōng shì xīn qín láo dòng de bào chou
成功是辛勤劳动的报酬。

méi yǒu jiān kǔ láo dòng jiù méi yǒu kē xué chuàng zào
没有艰苦劳动，就没有科学创造。

tiān cái shì bǎi fēn zhī yī de líng gǎn jiā shàng bǎi fēn zhī jiǔ shí jiǔ de xuè hàn
天才是百分之一的灵感，加上百分之九十九的血汗。

tǔ dì de zhǔ rén bú shì zài tā shàng miàn sàn bù de rén ér shì zài tā shàng miàn xīn qín gēng yún de rén
土地的主人不是在它上面散步的人，而是在它上面辛勤耕耘的人。

qín láo yì wèi zhe wàn wù bù quē lǎn duò yì wèi zhe yī wú suǒ yǒu
勤劳意味着万物不缺，懒惰意味着一无所有。

zhēn zhèng de xìng fú shì yòng xuè hàn chuàng zào chū lái de
真正的幸福是用血汗创造出来的。

láo dòng kě yǐ xīng jiā yín yì zú yǐ wáng shēn
劳动可以兴家，淫逸足以亡身。

nán ér zài láo dòng zhōng chéng zhǎng tǔ dì zài láo dòng zhōng biàn lǜ
男儿在劳动中成长，土地在劳动中变绿。

láo dòng hǎo shēng huó cái huì xìng fú shuǐ cǎo hǎo niú yáng cái huì féi zhuàng
劳动好，生活才会幸福；水草好，牛羊才会肥壮。

qīng jié shì jiàn kāng de jī chǔ láo dòng shì cái fù de jī chǔ
清洁是健康的基础，劳动是财富的基础。

cái fù de fù qīn shì láo dòng cái fù de mǔ qīn shì dà dì
财富的父亲是劳动，财富的母亲是大地。

bù láo ér huò de zhēn bǎo
不劳而获的珍宝，
bù rú láo dòng dé lái de yáng gāo
不如劳动得来的羊羔。

yuán dīng ài zì jǐ zhòng xià
园丁爱自己种下
de huā duǒ mù rén ài zì jǐ fàng
的花朵，牧人爱自己放
mù de yáng qún
牧的羊群。

jū jiā bù dé bù jiǎn chuàng yè bù dé bù qín
居家不得不俭，创业不得不勤。

hào hàn hǎi yáng yuán yú xì xiǎo xī liú
浩瀚海洋，源于细小溪流；
wěi dà chéng jiù lái zì jiān kǔ láo dòng
伟大成就，来自艰苦劳动。

hào yì wù láo qiān jīn yě néng chī kōng
好逸恶劳，千金也能吃空；
qín láo yǒng gǎn shuāng shǒu dǐ guò qiān jīn
勤劳勇敢，双手抵过千金。

tiān lěng bú dòng zhī nǚ shǒu jī è bú
天冷不冻织女手，饥饿不
è kǔ gēng rén
饿苦耕人。

名人告诉你

如果说我有什么功绩的话，那不是我有才能的结果，而是勤奋有毅力的结果。
——[英]达尔文

滴滴之水可磨损大石，不是由于它力量强大，而是由于昼夜不舍地滴坠。只有勤奋不懈地努力，才能够获得那些技巧。
——[德]贝多芬

有恒

bú pà wú néng　jiù pà wú héng
不怕无能，就怕无恒。

zhǐ yào rén yǒu héng　wàn shì dōu néng chéng
只要人有恒，万事都能成。

rén yǒu héng xīn　shí shān yào bēng
人有恒心，石山要崩。

sān tiān bù ná zhēn　shú shǒu yě biàn shēng
三天不拿针，熟手也变生。

sān tiān bù tí bǐ　xiù cai shǒu yě shēng
三天不提笔，秀才手也生。

chuán bú dào àn bù sōng jiǎng
船不到岸不松桨。

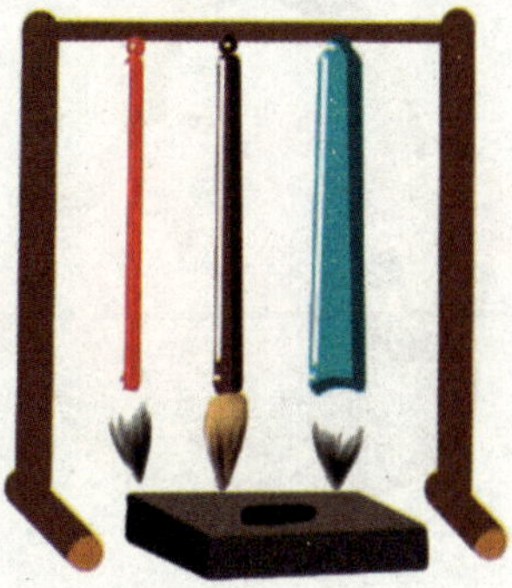

信义

xǔ rén yí wù qiān jīn bù yí
许人一物，千金不移。

dā ying bié rén de shì jiù yí dìng yào zuò dào
答应别人的事就一定要做到。

bèi xìn qì yì de rén bú shì zhēn péng you
背信弃义的人，不是真朋友。

yí jù zhèng zhòng de chéng nuò shèng guò yí wàn liǎng huáng jīn
一句郑重的承诺，胜过一万两黄金。

jīn qián mǎi bú dào xìn rèn
金钱买不到信任。

bú shòu xīn kǔ dé bú dào xìng fú bù jiǎng xìn yòng dé bú dào ān níng
不受辛苦，得不到幸福；不讲信用，得不到安宁。

xìn yì bú shì guà zài kǒu zhōng de
信义不是挂在口中的。

毅力

wánqiáng de yì lì néng zhēng fú shì jiè shang rèn hé yí zuò gāo shān
顽强的毅力能征服世界上任何一座高山。

yǒu nài xīn de wán qiáng zhě shén me shì dōu néng zuò chéng gōng
有耐心的顽强者什么事都能做成功。

jiān chí shì qǔ dé shèng lì de bǎo zhèng
坚持是取得胜利的保证。

héng xīn shì dá dào mù dì de zuì jìn tōng dào
恒心是达到目的的最近通道。

shí jiǔ cì shī bài dì èr shí cì huò dé chéng gōng zhè jiù jiào jiān chí
十九次失败,第二十次获得成功,这就叫坚持。

nài xīn hé chí jiǔ shèng guò
耐心和持久胜过

jī liè hé kuáng rè
激烈和狂热。

héng xīn jià qǐ tōng
恒心架起通

tiān lù yǒng qì dǎ kāi
天路,勇气打开

zhì huì mén
智慧门。

zhú zi shì yì jié yì jié zhǎng qǐ lái de
竹子是一节一节长起来的，
gōng fu shì yì tiān yì tiān liàn chū lái de
功夫是一天一天练出来的。

shèng lì zhě bù yí dìng shì pǎo de zuì kuài
胜利者不一定是跑得最快
de rén ér shì zuì yǒu yì lì de rén
的人，而是最有毅力的人。

yǒu yì lì de rén néng cóng pán shí li jǐ chū shuǐ lái
有毅力的人能从磐石里挤出水来。

tiān cái jiù shì nài xīn
天才就是耐心。

jué bú yào zài gōng zuò hái méi yǒu wán chéng de shí hou fàng qì shì rén
绝不要在工作还没有完成的时候放弃，世人
qīng shì nà zhǒng bàn tú ér fèi de rén
轻视那种半途而废的人。

勇敢

yí gè yǒng shì shèng guò bǎi gè nuò fū
一个勇士，胜过百个懦夫。

dà xiàng zǒu dào hé li è yú bù gǎn zhāng zuǐ
大象走到河里，鳄鱼不敢张嘴。

qián pà láng hòu pà hǔ de rén dāng bù liǎo liè shǒu
前怕狼后怕虎的人当不了猎手。

yào xiǎng jǐ shī zi de nǎi jiù děi yǒu dòu shī zi de dǎn liàng
要想挤狮子的奶，就得有斗狮子的胆量。

gǒu duì yǒng shì zhǐ néng kuáng fèi dàn jiàn le nuò fū jiù yǎo jiǎo gēn
狗对勇士只能狂吠，但见了懦夫就咬脚跟。

yǒng shì zài zhàn chǎng shang bǐ gōng fu nuò fū
勇士在战场上比功夫，懦夫

zài jiā li shuǎ wēi fēng
在家里耍威风。

yīng xióng yǒng bú zì
英雄永不自

chēng yīng xióng nuò fū
称英雄，懦夫

yǒng bú zì chēng nuò fū
永不自称懦夫。

zài cūn zi li yǒng gǎn de rén zài sēn lín li bì rán dǎn qiè
在村子里勇敢的人，在森林里必然胆怯。

zhēn jīn zài liè huǒ zhōng liàn jiù yǒng qì zài kùn nan zhōng péi yǎng
真金在烈火中炼就，勇气在困难中培养。

yuè shì hēi àn yīng xióng de míng zi yuè shǎn guāng
越是黑暗，英雄的名字越闪光。

智慧

méi yǒu zhì huì de tóu nǎo jiù xiàng méi yǒu là zhú de dēng long
没有智慧的头脑，就像没有蜡烛的灯笼。

xīn líng yào cháng cháng bǎo chí nián qīng tóu nǎo yào cháng cháng bǎo chí lǎo liàn
心灵要常常保持年轻，头脑要常常保持老练。

zhì huì yào cóng yòu nián jī lěi jùn mǎ yào cóng mǎ jū liàn qǐ
智慧要从幼年积累，骏马要从马驹练起。

zhì huì shì bǎo shí rú guǒ yòng qiān xū xiāng biān jiù huì gèng jiā càn làn duó mù
智慧是宝石，如果用谦虚镶边，就会更加灿烂夺目。

qīng nián rén de yǎn jing li
青年人的眼睛里
rán shāo zhe yǒng gǎn de huǒ yàn
燃烧着勇敢的火焰，
lǎo nián rén de yǎn jing li fàng shè
老年人的眼睛里放射
chū zhì huì de guāng máng
出智慧的光芒。

jīn zi bù shēng xiù zhì huì bú tuì sè
金子不生锈，智慧不褪色。

tóu shì bǎo kù shé shì yào shi yǎn shì yǒng shì shǒu shì cái fù
头是宝库，舌是钥匙，眼是勇士，手是财富。

niǎo kào chì bǎng shòu kào tuǐ rén kào zhì huì yú kào wěi
鸟靠翅膀兽靠腿，人靠智慧鱼靠尾。

chuán de lì liàng zài fēng fān rén de lì liàng zài zhì huì
船的力量在风帆，人的力量在智慧。

邪恶

wěi shàn shì zuì wēi xiǎn de dú yào
伪善是最危险的毒药。

zhí shuài tǎn bái zhēn jūn zǐ　xiào li cáng dāo shì dǎi rén
直率坦白真君子，笑里藏刀是歹人。

míng shì yì pén huǒ　àn shì yì bǎ dāo
明是一盆火，暗是一把刀。

dāng miàn shì rén　bèi hòu shì guǐ
当面是人，背后是鬼。

kǒu li jiào gē ge　bèi hòu mō jiā huo
口里叫哥哥，背后摸家伙。

tái shang wò shǒu　tái xià tī tuǐ
台上握手，台下踢腿。

zuǐ li shuō hǎo huà　jiǎo dǐ xia shǐ bàn zi
嘴里说好话，脚底下使绊子。

zuǐ li tǔ chū táng lái
嘴里吐出糖来，

yāo li bá chū dāo lái
腰里拔出刀来。

miàn shang xiào hē hē　xīn lǐ dú shé wō
面上笑呵呵，心里毒蛇窝。

kǒu mì fù jiàn　xiào li cáng dāo
口蜜腹剑，笑里藏刀。

lǎo shǔ ài dǎ dòng　huài rén ài zuān kǒng
老鼠爱打洞，坏人爱钻孔。

zuǐ tián xīn kǔ　liǎng miàn sān dāo
嘴甜心苦，两面三刀。

bú pà míng chù qiāng hé gùn　zhǐ pà yīn yáng liǎng miàn dāo
不怕明处枪和棍，只怕阴阳两面刀。

chán yán bài huài jūn zǐ　lěng jiàn shè sǐ zhōng chén
谗言败坏君子，冷箭射死忠臣。

xuě zhàng fēng shì　gǒu zhàng rén shì
雪仗风势，狗仗人势。

yòng pú sà guà pú sà　bú yòng pú sà mà pú sà
用菩萨挂菩萨，不用菩萨骂菩萨。

名人告诉你

虚伪的人为智者所轻蔑，愚蠢者所叹服，阿谀者所崇拜，而为自己的虚荣所奴役。

——[英]培根

guò le hé jiù chāi qiáo　chī le guǒ zi wàng le shù
过了河就拆桥，吃了果子忘了树。

jiàn dào lǎo hǔ jiù shāo xiāng　jiàn dào tù zi jiù kāi qiāng
见到老虎就烧香，见到兔子就开枪。

dà yú chī xiǎo yú　xiǎo yú chī xiā xiā　xiā xiā chī ní ba
大鱼吃小鱼，小鱼吃虾虾，虾虾吃泥巴。

fěn xiàng zì jǐ liǎn shang chá　huī wǎng bié rén liǎn shang mǒ
粉向自己脸上搽，灰往别人脸上抹。

hǎo shì jìn wǎng shēn shang lǎn　huài shì què wǎng mén wài tuī
好事尽往身上揽，坏事却往门外推。

rén bǎ liǎn bú yào　bǎi shì dōu kě wéi
人把脸不要，百事都可为。

xiàng shàng pāo shí tou　liú xīn zì jǐ tóu
向上抛石头，留心自己头。

kuī xīn rén nán liú　liú xià jié è chóu
亏心人难留，留下结恶仇。

抱怨

yǒng shì yán yú zé jǐ nuò fū yuàn tiān yóu rén
勇士严于责己，懦夫怨天尤人。

liǎn chǒu guài bù de jìng zi
脸丑怪不得镜子。

tiào wǔ bù hǎo de rén zǒng shì bào yuàn zì jǐ de xuē zi
跳舞不好的人，总是抱怨自己的靴子。

bù shuō dāo bú kuài què yuàn ròu méi shú
不说刀不快，却怨肉没熟。

zāi le gēn tou bié guài shí tou
栽了跟头，别怪石头。

qiāng fǎ bù zhǔn guài zǐ dàn
枪法不准怪子弹。

bú guài zì jiā má shéng duǎn zhǐ guài tā jiā gǔ jǐng shēn
不怪自家麻绳短，只怪他家古井深。

骄傲

hào zì kuā de rén wú běn shi yǒu běn shi de rén bú zì kuā
好自夸的人无本事，有本事的人不自夸。

měi zhī niǎo dōu táo zuì yú zì jǐ de gē chàng
每只鸟都陶醉于自己的歌唱。

wū yā zǒng shì bǎ zì jǐ de chú niǎo xiǎng xiàng chéng fèng huáng
乌鸦总是把自己的雏鸟想象成凤凰。

bù zhī zì jǐ de wú zhī děng yú shuāng bèi de wú zhī
不知自己的无知，等于双倍的无知。

zì kuā méi rén ài cán huā méi rén dài
自夸没人爱，残花没人戴。

bié rén kuā yì zhī huā zì jǐ kuā làn dōng guā
别人夸，一枝花；自己夸，烂冬瓜。

bàn píng shuǐ zǒng shì huì jiàn jiāo ào de rén zǒng shì huì chuī
半瓶水总是会溅，骄傲的人总是会吹。

名人告诉你

当大自然剥夺了人类用四肢爬行的能力时，又给了他另一根拐杖，这就是理想。

——[苏联]高尔基

我是一个有理想的人，不愿意一生无所作为，做一个无聊的人。不多学些东西，我就不舒服。

——[中]张海迪

zhān dài zi huī chén duō xué wen qiǎn bó de rén ào qì dà
毡袋子灰尘多，学问浅薄的人傲气大。

xū xīn de rén tiān tiān yǒu jī lěi jiāo ào de rén tiān tiān chī lǎo běn
虚心的人天天有积累，骄傲的人天天吃老本。

bí kǒng cháo tiān de rén huì diē rù fèn kēng
鼻孔朝天的人，会跌入粪坑。

yì liǎng jiāo ào néng bài bǎi jīn měi dé
一两骄傲，能败百斤美德。

zì chēng hǎo làn dào cǎo
自称好，烂稻草。

教训

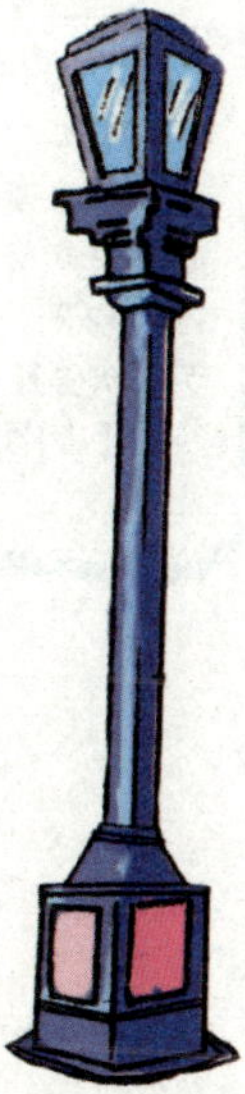

jiào xùn shì yì zhǎn xīn kǎn shang yǒng bù xī miè de lù dēng
教训是一盏心坎上永不熄灭的路灯。

yuán liàng shì róng yì de wàng què zé shì kùn nan de
原谅是容易的，忘却则是困难的。

cōng míng de rén bú huì liǎng cì bèi tóng yí kuài shí tou bàn dǎo
聪明的人不会两次被同一块石头绊倒。

méi yǒu zài shā mò li ái guo gān kě de rén bù zhī dào shuǐ de zhēn zhèng jià zhí
没有在沙漠里挨过干渴的人，不知道水的真正价值。

cháo xiào yǒu shāng bā de rén tā yí dìng méi yǒu shòu guo shāng
嘲笑有伤疤的人，他一定没有受过伤。

bèi shé yǎo shāng guo de rén jiàn le zōng lǘ yè yě hài pà
被蛇咬伤过的人，见了棕榈叶也害怕。

名人告诉你

只要我们能把希望的大陆牢牢地装在心中，风浪就一定会被我们战胜。

——[意]哥伦布

在工作与游乐之间存在着一种和谐，把两者巧妙地结合起来，生活的艺术就在其中了。

——[法]罗曼·罗兰

zhǐ yǒu lǚ xíng jiā cái zhī dào shì jiè yǒu duō kuān kuò
只有旅行家才知道世界有多宽阔。

jiàn shi guǎng，zhì huì duō
见识广，智慧多。

lù zǒu de yuè duō，jiàn shi yě jiù yuè guǎng
路走得越多，见识也就越广。

shàng yì huí dàng，xué yì huí guāi
上一回当，学一回乖。

chī yí qiàn，zhǎng yí zhì
吃一堑，长一智。

bàn sān jiāo，fāng zhī tiān gāo dì hòu
绊三跤，方知天高地厚。

懒惰

dāo bù mó yào biàn dùn rén lǎn duò yào biàn bèn
刀不磨要变钝，人懒惰要变笨。

lǎn jiā huo chī fàn shí chū hàn gàn huó shí dǎ zhàn
懒家伙吃饭时出汗，干活时打战。

chūn xià bù gēng zhòng qiū dōng zhǔn ái dòng
春夏不耕种，秋冬准挨冻。

bú pà jiā li qióng zhǐ pà chū lǎn chóng
不怕家里穷，只怕出懒虫。

bú pà chī fàn jiǎn dà wǎn jiù pà gàn huó ài tōu lǎn
不怕吃饭拣大碗，就怕干活爱偷懒。

bú pà qióng jiù pà zhāo zhāo shuì dào rì tou hóng
不怕穷，就怕朝朝睡到日头红。

qín gēng kǔ zuò bān bān yǒu hào chī
勤耕苦作般般有，好吃

lǎn zuò yàng yàng wú
懒做样样无。

lǎn hàn píng zuǐ jìn hǎo hàn píng gàn jìn
懒汉凭嘴劲，好汉凭干劲。

lǎn māo dǎi bú zhù sǐ lǎo shǔ
懒猫逮不住死老鼠。

bèn mǎ ài chū hàn, lǎn hàn ài hǎn kě
笨马爱出汗，懒汉爱喊渴。

lǎn niú shǐ niào duō lǎn hàn míng rì duō
懒牛屎尿多，懒汉明日多。

lǎn jī pó dài bù chū qín jī zǎi er
懒鸡婆带不出勤鸡崽儿。

bú pà nán jiù pà lǎn
不怕难，就怕懒。

dòng shǒu gàn huó è bù zháo yóu shǒu hào xián bǎo bù liǎo
动手干活饿不着，游手好闲饱不了。

名人告诉你

人在一生当中的前四十年，写的是正文。在之后的三十年，则不断地在正文中添加注解。

——[德]叔本华

假如生活欺骗了你，不要悲伤，不要心急！阴郁的日子需要镇静。相信吧，那是愉快的日子即将来临。

——[俄]普希金

蒙骗

guà yáng tóu　mài gǒu ròu
挂羊头，卖狗肉。

qiáng dào xiū xíng　zéi niàn fó
强盗修行，贼念佛。

yòng jiǎ yín zi mǎi bú dào hǎo dōng xi
用假银子买不到好东西。

gài de zhù huǒ　cáng bú zhù yān
盖得住火，藏不住烟。

xuě li mái rén　jiǔ hòu zì zhī
雪里埋人，久后自知。

hú li bàn bù chéng guān yīn
狐狸扮不成观音。

yáng pí gài bú zhù láng xīn wō
羊皮盖不住狼心窝。

名人告诉你

即使是最伟大的天才，如果总是躺在青草地上让微风吹拂，眼望着天空，温柔的灵感也始终不会光顾他。

——[德]黑格尔

hóu zi zhuāng rén, wàng le zì jǐ zhǎng wěi ba
猴子装人，忘了自己长尾巴。

wàn biàn bù lí qí zōng
万变不离其宗。

yǎn ěr dào líng, zì qī qī rén
掩耳盗铃，自欺欺人。

shāi zi zhē bú zhù tài yáng, kǒu dai cáng bú zhù cì dāo
筛子遮不住太阳，口袋藏不住刺刀。

qī piàn zì jǐ de rén, shì shòu piàn zuì shēn de rén
欺骗自己的人，是受骗最深的人。

wǔ wǔ gài gài, shì bì yǒu guài
捂捂盖盖，事必有怪。

cǎo zhē bú zhù xióng yīng de yǎn jing, shuǐ zhē bú zhù yú er de yǎn jing
草遮不住雄鹰的眼睛，水遮不住鱼儿的眼睛。

chàng xì de bù mán rén, mán rén méi hǎo shì
唱戏的不瞒人，瞒人没好事。

愚蠢

shǎ guā yì qí shàng mǎ jiù rèn wéi zì jǐ yǐ jīng chéng wéi lǎo ye
傻瓜一骑上马，就认为自己已经成为老爷。

rèn wéi zì jǐ fēi cháng xìng fú de rén shì zhēn de rèn wéi zì jǐ
认为自己非常幸福的人，是真的；认为自己
fēi cháng cōng míng de rén shì chǔn de
非常聪明的人，是蠢的。

méi yǒu zhōng shēn de shǎ guā yě méi yǒu rén zhōng shēn bù dāng
没有终身的傻瓜，也没有人终身不当
shǎ guā
傻瓜。

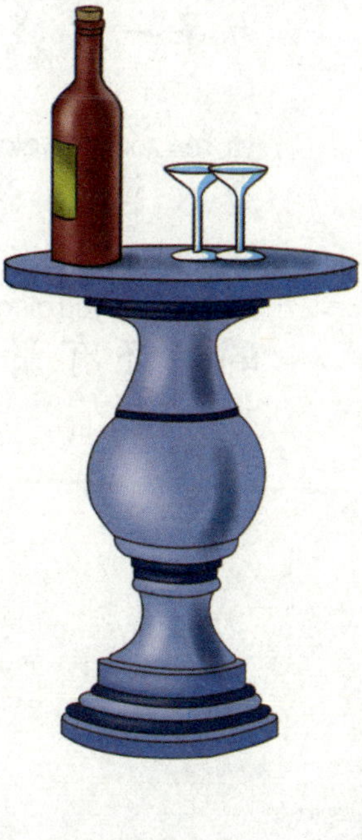

yú mù nǎo dai bù kāi qiào
榆木脑袋不开窍。

jìng jiǔ bù chī chī fá jiǔ qiān zhe bù zǒu
敬酒不吃吃罚酒，牵着不走
dǎ zhe zǒu
打着走。

dǎ zhǒng liǎn chōng pàng zi
打肿脸充胖子。

hào zi zuān niú jiǎo yuè zuān yuè shēn
耗子钻牛角，越钻越深。

zì zuān yān cōng zì rǎn shēn
自钻烟囱自染身。

yǔ hòu sòng sǎn zéi qù guān mén
雨后送伞，贼去关门。

fàng zhe é máo bù zhī qīng dǐng zhe mò pán bù zhī zhòng
放着鹅毛不知轻，顶着磨盘不知重。

sǐ yào miàn zi huó shòu zuì
死要面子活受罪。

wèi xún yì wén qián diǎn wán yì zhī zhú
为寻一文钱，点完一支烛。

yú rén zǒng ài qiáng chū tóu
愚人总爱强出头。

zuì hàn hái yǒu qīng xǐng de shí hou shǎ guā yǒng yuǎn bú huì qīng xǐng
醉汉还有清醒的时候，傻瓜永远不会清醒。

知识

zhī shi de gēn shì kǔ de　tā de guǒ zi shì tián de
知识的根是苦的，它的果子是甜的。

tiān cái zài yú xué xí　zhī shi zài yú jī lěi
天才在于学习，知识在于积累。

méi jiàn guo tài yáng de dì fang méi qì dà　méi shòu guo jiào yù de rén pí qi dà
没见过太阳的地方霉气大，没受过教育的人脾气大。

bù dǒng zhuāng dǒng　yǒng shì fàn tǒng
不懂装懂，永世饭桶。

jiāo ào lái zì qiǎn bó　kuáng wàng chū yú wú zhī
骄傲来自浅薄，狂妄出于无知。

zhī shi yǒng yuǎn xué bù wán
知识永远学不完。

xiōng zhōng yǒu zhī shi　shèng guò shǒu zhōng yǒu cái bǎo
胸中有知识，胜过手中有财宝。

xué wú xiān hòu dá zhě wéi shī
学无先后，达者为师。

zhī shi shì tóu shang de huā huán cái chǎn shì jǐng shang de jiā suǒ
知识是头上的花环，财产是颈上的枷锁。

huáng jīn guì yǒu jià zhī shi wú jià bǎo
黄金贵有价，知识无价宝。

méi yǒu zhī shi de shēng huó jiù xiàng méi yǒu xiāng wèi de méi gui huā
没有知识的生活，就像没有香味的玫瑰花。

zhī shi zài yú yùn yòng
知识在于运用。

pú tao shì yì diǎn yì diǎn chéng shú de zhī shi shì yì tiān yì tiān jī lěi de
葡萄是一点一点成熟的，知识是一天一天积累的。

dāo qiāng shì cì děng wǔ qì xián míng cái shì tóu děng wǔ qì bǎi
刀枪是次等武器，贤明才是头等武器；百
wàn jiā cái shì mò děng fù wēng xué shí yuān bó cái shì yī děng fù wēng
万家财是末等富翁，学识渊博才是一等富翁。

jī lěi zhī shi shèng guò jī lěi jīn yín
积累知识，胜过积累金银。

yáng guāng zhào liàng shì jiè zhī shi zhào liàng rén shēng
阳光照亮世界，知识照亮人生。

shēng huó shì zhī shi de yuán quán zhī shi shì shēng huó de míng dēng
生活是知识的源泉，知识是生活的明灯。

zhì huì shì chuān bú pò de yī shang zhī shi shì qǔ bú jìn de
智慧是穿不破的衣裳，知识是取不尽的
bǎo zàng
宝藏。

méi yǒu qián cái bú shì qióng méi yǒu zhī
没有钱财不是穷，没有知
shi cái shì qióng
识才是穷。

yī wú suǒ zhī de rén bú huì huái yí rèn hé
一无所知的人不会怀疑任何
shì wù
事物。

méi yǒu zhǒng zi bù kāi huā méi
没有种子不开花，没

yǒu wén huà nán dāng jiā
有文化难当家。

qín fèn shì tiān cái de tǔ rǎng kǔ xué shì zhī shi de yào shi
勤奋是天才的土壤，苦学是知识的钥匙。

wú zhī jiù shì wú lì zhī shi jiù shì lì liàng
无知就是无力，知识就是力量。

cóng ní tǔ zhōng xī shōu yíng yǎng cóng qún zhòng zhōng huò qǔ zhī shi
从泥土中吸收营养，从群众中获取知识。

shuǐ dī jī jù chéng dà hǎi zhī shi jī lěi chéng xué wen
水滴积聚成大海，知识积累成学问。

zhì huì bù píng nián líng píng xīn líng bó xué bú zài yì shí zài píng shí
智慧不凭年龄凭心灵，博学不在一时在平时。

名人告诉你

知识会使精神和物质的硗薄的原野变成肥沃的土地，每年它的产品将以十倍的增长率，给我们带来财富。

——[法]左拉

zhī shi mái cáng zài qiān xū de dà hǎi li
知识埋藏在谦虚的大海里。

zhī shi shì guāng wú zhī shì hēi àn
知识是光，无知是黑暗。

xīn líng zhōng de hēi àn zhǐ yǒu zhī shi cái néng qū sàn
心灵中的黑暗只有知识才能驱散。

zhī shi shì wàn shì wàn wù de zhǐ lù míng dēng
知识是万事万物的指路明灯。

shì jiè shang sān jiàn dōng xi zuì bǎo guì
世界上三件东西最宝贵：

zhī shi liáng shi hé yǒu yì
知识、粮食和友谊。

shì jiè shang wéi yī de cái fù shì zhī shi
世界上唯一的财富是知识，

shì jiè shang wéi yī de xié è shì yú mèi wú zhī
世界上唯一的邪恶是愚昧无知。

chéng rèn zì jǐ de wú zhī zhǐ biǎo xiàn yí
承认自己的无知，只表现一

cì wú zhī yǎn shì zì jǐ de wú zhī jiù huì chū xiàn jǐ cì wú zhī
次无知；掩饰自己的无知，就会出现几次无知。

ná huá lì de fú zhuāng zhuāng shì zì jǐ bù rú yòng zhī shi wǔ
拿华丽的服装装饰自己，不如用知识武

zhuāng zì jǐ
装自己。

rú guǒ nǐ xū yào zhī shi jiù xiàng zài shuǐ dǐ xia xū yào kōng qì yí
如果你需要知识就像在水底下需要空气一

yàng nǐ jiù yí dìng néng dé dào tā
样，你就一定能得到它。

tǔ dì xū yào xīn qín gēng yún zhī shi xū yào fǎn fù tàn suǒ
土地需要辛勤耕耘，知识需要反复探索。

yuè shì yǒu zhī shi de rén bù dǒng de dōng xi yuè duō yuè shì wú
越是有知识的人，不懂的东西越多；越是无
zhī de rén piān piān rèn wéi shá dōu zhī dào
知的人，偏偏认为啥都知道。

fù yǒu bì lì de rén zhǐ néng zhàn shèng yí gè rén fù yǒu zhī shi
富有臂力的人只能战胜一个人，富有知识
de rén kě yǐ shèng guò hěn duō rén
的人可以胜过很多人。

yǒu zhī shi de rén bú rèn wéi zì jǐ bǐ bié rén cōng míng zhǐ yǒu yú
有知识的人不认为自己比别人聪明，只有愚
chǔn de rén yǒng yuǎn bǎ zì jǐ de pàn duàn kàn chéng shì zhēn lǐ
蠢的人永远把自己的判断看成是真理。

zhǐ yǒu rè qíng ér wú zhī shi hǎo bǐ jùn mǎ méi yǒu jiāng hé ān
只有热情而无知识，好比骏马没有缰和鞍。

zhǐ yǒu tiān zī ér wú xué shí hǎo xiàng shù mù bù jiē guǒ
只有天资而无学识，好像树木不结果。

zhī shi bǐ jīn zi guì zhòng，yīn wèi jīn zi mǎi bú dào tā
知识比金子贵重，因为金子买不到它。

yú mèi cóng lái bú huì gěi rén dài lái xìng fú，xìng fú de gēn yuán zài yú zhī shi
愚昧从来不会给人带来幸福，幸福的根源在于知识。

zhǐ yǒu zhī shi，cái néng zhǐ gěi nǐ xìng fú zhī lù
只有知识，才能指给你幸福之路。

rén shēng zhōng zuì dà de pín kùn，mò guò yú zhī shi de pín kùn
人生中最大的贫困，莫过于知识的贫困。

hàn shuǐ hé fēng shōu shì zuì zhōng shí de huǒ bàn，qín xué hé zhī shi shì yí duì zuì měi lì de qíng rén
汗水和丰收是最忠实的伙伴，勤学和知识是一对最美丽的情人。

yǒu kùn nan de dì fang xū yào lì liàng，lì liàng lái yuán yú zhī shi
有困难的地方需要力量，力量来源于知识。

zhī shi shì yòng zhī bú jìn de cái fù
知识是用之不尽的财富。

jì yì shì wú jià zhī bǎo，zhī shi shì zhì huì de míng dēng
技艺是无价之宝，知识是智慧的明灯。

名人告诉你

无论掌握哪一种知识，对智力都是有用的，它会把无用的东西抛开，而把好的东西留住。

——[意]达·芬奇

一切知识都不应该根据书的权威去给予，而应实际指证给感官与心智，得到它们的认可。

——[捷]夸美纽斯

xīng xing néng shǐ yè kōng xuàn làn duó mù zhī shi néng shǐ rén shēng fēng fù duō cǎi

星星能使夜空绚烂夺目，知识能使人生丰富多彩。

bù qiú zhī shi de shào nián xīn líng huì bèi hēi yè lǒng zhào

不求知识的少年，心灵会被黑夜笼罩。

shéi wò yǒu qín fèn de yào shi shéi jiù huì dǎ kāi zhī shi de bǎo kù

谁握有勤奋的钥匙，谁就会打开知识的宝库。

尝试

yào zhī dào yí yàng cài de wèi dào jiù děi cháng yì cháng
要知道一样菜的味道，就得尝一尝。

zhǐ yào shùn zhe hé liú zǒu jiù néng gòu fā xiàn dà hǎi
只要顺着河流走，就能够发现大海。

cháng shì zǒng yǒu yì duō wèn bù chī kuī
尝试总有益，多问不吃亏。

yì yǔ shì fēng xiàng yì cǎo shì shuǐ liú
一羽试风向，一草试水流。

tián suān yòng shé tou cháng chang jiù zhī dào
甜酸用舌头尝尝就知道，
yuǎn jìn zǒu yí tàng jiù zhī dào
远近走一趟就知道。

bàn fǎ hǎo bù hǎo shì yàn jiù zhī dào
办法好不好，试验就知道。

幻想

huàn xiǎng jiù xiàng wǎ guàn zi nà yàng róng yì pò suì
幻想就像瓦罐子那样容易破碎。

wò zhù yí gè zài shǒu li shèng guò liǎng gè zài yǎn li
握住一个在手里，胜过两个在眼里。

yè lǐ xiǎng de qiān tiáo lù míng zhāo yī jiù mài dòu fu
夜里想得千条路，明朝依旧卖豆腐。

tiān biān yuè jìng nèi huā kàn de jiàn zhāi bú xià
天边月，镜内花，看得见，摘不下。

zài shā tān shang chén sī yǒng yuǎn dé bú dào zhēn zhū
在沙滩上沉思，永远得不到珍珠。

kōng xiǎng yì bǎi nián bù zhí yì fēn qián
空想一百年，不值一分钱。

xiàn shí tā yǒng yuǎn méi yǒu huàn xiǎng nà me měi miào què shì rén men kě yǐ luò jiǎo de dì fang
现实，它永远没有幻想那么美妙，却是人们可以落脚的地方。

积累

yì qiāo wā bù chéng shuǐ jǐng　yì tiān gài bù chéng luó mǎ chéng
一锹挖不成水井，一天盖不成罗马城。

yì kǒu bù néng chī gè bǐng　yì tiān bù néng dǎ kǒu jǐng
一口不能吃个饼，一天不能打口井。

yí bù bù néng dēng tiān
一步不能登天。

jí fǎng méi hǎo shā　jí zhēng méi hǎo mó
急纺没好纱，急蒸没好馍。

yì fǔ kǎn bù dǎo dà shù　yì dāo tì bù wán yí gè nǎo dai
一斧砍不倒大树，一刀剃不完一个脑袋。

jī shā chéng tǎ　jí yè chéng qiú
积沙成塔，集腋成裘。

bù jī kuǐ bù　wú yǐ zhì qiān lǐ　bù jī xiǎo liú　wú yǐ chéng jiāng hǎi
不积跬步，无以至千里；不积小流，无以成江海。

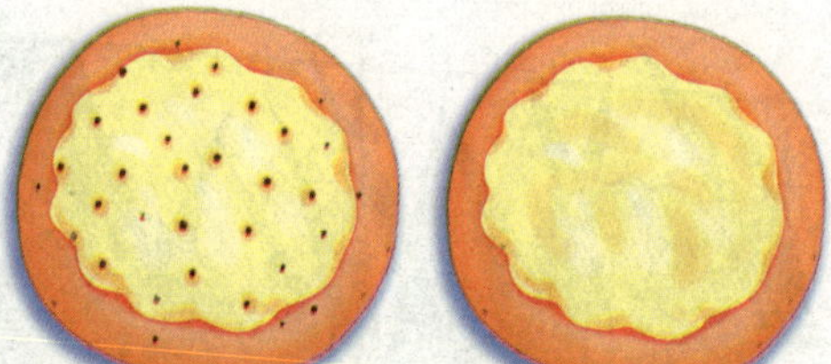

基础

lóu gāo bì xū jī chǔ jiān
楼高必须基础坚。

méi yǒu dǎ hǎo jī chǔ de fáng zi kuǎ de kuài
没有打好基础的房子垮得快。

gēn shēn de shù chuī bú duàn quán shēn de shuǐ shài bù gān
根深的树吹不断，泉深的水晒不干。

dà fēng guā sàn shā què bá bù chū ní tián li de xiǎo cǎo
大风刮散沙，却拔不出泥田里的小草。

jí shǐ shì shuǐ li de fú píng méi yǒu gēn yě bù xíng
即使是水里的浮萍，没有根也不行。

技巧

yí gè hǎo duò shǒu, néng shǐ bā miàn fēng
一个好舵手，能使八面风。

huì shǐ chē, bù lí zhé
会使车，不离辙。

gàn de zǎo bù rú gàn de qiǎo
干得早不如干得巧。

chí gàn bù rú zǎo gàn, mán gàn bù rú qiǎo gàn
迟干不如早干，蛮干不如巧干。

huì jiā bù máng, máng jiā bú huì
会家不忙，忙家不会。

shí zhě yuē bǎo, bù shí zhě yuē cǎo
识者曰宝，不识者曰草。

集体

yú kào hé shuǐ rén kào jí tǐ
鱼靠河水，人靠集体。

yí kuài shí tou zhī bù qǐ yì kǒu guō
一块石头支不起一口锅。

yí gè shǒu zhǐ wò bù chéng quán tou
一个手指握不成拳头。

yì bǎ huǒ shāo bù kāi shuǐ yì zhī shǒu wǔ bú zhù tiān
一把火烧不开水，一只手捂不住天。

yì dī shuǐ chéng bù liǎo hǎi yì gēn mù tou chéng bù liǎo sēn lín
一滴水成不了海，一根木头成不了森林。

dú bì nán jǔ shí rén duō kě yí shān
独臂难举石，人多可移山。

dān rén bù chéng jūn zhàn dòu kào jí tǐ
单人不成军，战斗靠集体。

bú ài hù bié rén jiù shì huǐ miè zì jǐ
不爱护别人，就是毁灭自己。

zhù rén yì fēn shèng guò quàn rén shí fēn
助人一分，胜过劝人十分。

rén duō zhì duō chū zhū gě
人多智多出诸葛。

xīng duō tiān kōng liàng rén duō zhì huì guǎng
星多天空亮，人多智慧广。

fēng duō chū wáng rén duō chū jiàng
蜂多出王，人多出将。

wàn rén wàn shuāng shǒu tuō zhe tài shān zǒu
万人万双手，拖着泰山走。

yì huā dú fàng bú shì chūn wàn zǐ qiān hóng cái shì chūn
一花独放不是春，万紫千红才是春。

yì jiā gài bù qǐ lóng wáng miào wàn rén zào de qǐ luò yáng qiáo
一家盖不起龙王庙，万人造得起洛阳桥。

hǎo huā yào yǒu lǜ yè fú hǎo hàn yào yǒu zhòng rén bāng
好花要有绿叶扶，好汉要有众人帮。

yǐ duō tuī shān shān yě dǎo rén duō tián hǎi hǎi yě gān
蚁多推山山也倒，人多填海海也干。

qiān jīn tuò mo yān sǐ rén
千斤唾沫淹死人。

yí gè chòu pí jiàng méi yǒu hǎo xié yàng liǎng gè chòu pí jiàng
一个臭皮匠，没有好鞋样；两个臭皮匠，
zuò shì hǎo shāng liang sān gè chòu pí jiàng dǐng gè zhū gě liàng
做事好商量；三个臭皮匠，顶个诸葛亮。

yì gēn kuài zi róng yì shé yì bǎ kuài zi yìng rú tiě
一根筷子容易折，一把筷子硬如铁。

yí gè hǎo hàn sān gè bāng yì pái lí ba sān gè zhuāng
一个好汉三个帮，一排篱笆三个桩。

dà hé wú shuǐ xiǎo hé gān dà hé yǒu shuǐ xiǎo hé mǎn
大河无水小河干，大河有水小河满。

dān kuài nán jiā cài dú chì nán fēi tiān
单筷难夹菜，独翅难飞天。

yì gēn mù tou gài bù chéng fáng yí kuài zhuān tou qì bù chéng qiáng
一根木头盖不成房，一块砖头砌不成墙。

dān má bù chéng xiàn shuāng sī cuō chéng shéng
单麻不成线，双丝搓成绳。

gū shù bù chéng lín
孤树不成林，

gū yàn bù chéng qún
孤雁不成群。

wū yún chéng duī yào xià
乌云成堆要下

yǔ rén qún jù jí yǒu lì liàng
雨，人群聚集有力量。

yì zhī shǒu dǎ bù chéng
一只手打不成

jié yì tiáo tuǐ zǒu bù chéng lù
结，一条腿走不成路。

yì gēn dào cǎo zhǔ bù shú fàn
一根稻草煮不熟饭。

yí gè shì bīng hái bú shì jūn duì
一个士兵还不是军队。

yí gè rén cǎi bù dǎo dì shang cǎo zhòng rén cǎi chū yáng guān dào
一个人踩不倒地上草，众人踩出阳关道。

méi yǒu jí tǐ jiù méi yǒu yǒng qì
没有集体，就没有勇气。

lǎo hǔ lí shān méi yǒu wēi yú er lí shuǐ bù néng huó
老虎离山没有威，鱼儿离水不能活。

tuō lí qún zhòng de rén jiù xiàng xiǎo shuǐ wā li de yú
脱离群众的人，就像小水洼里的鱼。

gè rén lì yì xiàng qīng cǎo de yǐng zi gōng zhòng lì yì xiàng gāo sǒng de tiān kōng
个人利益像青草的影子，公众利益像高耸的天空。

nǎ lǐ méi yǒu xiāng hù jiān de hé mù nǎ lǐ jiù méi yǒu shēng huó de xìng fú
哪里没有相互间的和睦，哪里就没有生活的幸福。

wèi bié rén jué xiàn jǐng diào xià qù de zhèng shì tā zì jǐ
为别人掘陷阱，掉下去的正是他自己。

jí tǐ de lì liàng rú gāng tiě zhòng rén de zhì huì rú rì yuè
集体的力量如钢铁，众人的智慧如日月。

jí tǐ shì lì liàng de yuán quán zhòng rén shì zhì huì de yáo lán
集体是力量的源泉，众人是智慧的摇篮。

shān quán duō de dì fang hé liú zǒng shì péng pài qún zhòng duō de dì fang zhì huì jiāng zài nà lǐ chǎn shēng
山泉多的地方，河流总是澎湃；群众多的地方，智慧将在那里产生。

huáng jīn yào cóng shā zi li táo jùn mǎ
黄金要从沙子里淘，骏马
yào cóng mǎ qún li zhǎo
要从马群里找。

liǎng gè fēn lì de jiā jiǎo yuè xiǎo hé lì
两个分力的夹角越小，合力
yuè dà yí gè jí tǐ tuán jié yuè jǐn gōng
越大；一个集体团结越紧，攻
guān lì yuè qiáng
关力越强。

yì gēn zhú zi chēng bù qǐ yí zhuàng zhú
一根竹子撑不起一幢竹
lóu qiān gēn zhú zi néng gòu dā qǐ tōng tiān yún
楼，千根竹子能够搭起通天云
tī yì dī shuǐ zhū xiān bù qǐ yí gè làng tou qiān wàn dī shuǐ zhū néng
梯；一滴水珠掀不起一个浪头，千万滴水珠能
gòu huì chéng tāo tiān hóng liú
够汇成滔天洪流。

yí kuài kuài zhuān tou qì qǐ qiáng yì tiáo tiáo xiǎo hé huì dà jiāng
一块块砖头砌起墙，一条条小河汇大江。

yí gè cōng míng rén de sī kǎo bù rú sān gè píng cháng rén de
一个聪明人的思考，不如三个平常人的
shāng tǎo
商讨。

dà jiā dòng shǒu gàn sài guò yīng xióng hàn
大家动手干，赛过英雄汉。

名人告诉你

一滴水只有放进大海里才永远不会干涸，一个人只有当他把自己和集体事业融合在一起的时候才能最有力量。
——[中]雷锋

活着，为的是替整体做点事，滴水是有湿润作用，但滴水必加入河海，才能成为波涛。
——[中]谢觉哉

yí gè shì gū liǎ lì dà sān rén néng jiào hé bān jiā
一个势孤，俩力大，三人能叫河搬家。

yìng shù yào kào dà jiā kǎn nán shì yào kào dà jiā zuò
硬树要靠大家砍，难事要靠大家做。

qiān tiáo xiǎo hé guī dà hǎi gè zhǒng róng yù jí tǐ lái
千条小河归大海，各种荣誉集体来。

shù cóng gēn shang xī qǔ yíng yǎng rén zài qún zhòng zhōng dé dào chéng zhǎng
树从根上吸取营养，人在群众中得到成长。

dú mù gài bù chéng fáng wū yí gè rén chéng bù liǎo shè huì
独木盖不成房屋，一个人成不了社会。

yì zhī jiǎo nán zǒu lù yí gè rén nán chéng hù
一只脚难走路，一个人难成户。

决心

shì shàng wú nán shì zhǐ pà yǒu xīn rén
世上无难事，只怕有心人。

bú jiàn huáng hé xīn bù xiē bú dào cháng jiāng bù bù tíng
不见黄河心不歇，不到长江步不停。

yóu yí bù jué de rén jí shǐ yǒu lǐ xiǎng yě bú huì yǒu xìn xīn qù shí xiàn
犹疑不决的人，即使有理想，也不会有信心去实现。

jué xīn pān dēng gāo shān de rén zǒng yǒu tōng wǎng shān dǐng de lù
决心攀登高山的人，总有通往山顶的路。

dāng duàn bú duàn fǎn shòu qí luàn
当断不断，反受其乱。

yǒu jué xīn jiù yǒu kě néng
有决心就有可能。

图书在版编目（CIP）数据

一本不能错过的谚语书 / 雨田主编 . -- 沈阳：辽宁少年儿童出版社，2019.1（2023.8重印）

（超级智慧大比拼）

ISBN 978-7-5315-7841-3

Ⅰ.①一… Ⅱ.①雨… Ⅲ.①谚语－汇编－中国 Ⅳ.①I277.7

中国版本图书馆 CIP 数据核字 (2018) 第 227936 号

出版发行：北方联合出版传媒（集团）股份有限公司

辽宁少年儿童出版社

出 版 人：胡运江

地　　址：沈阳市和平区十一纬路 25 号

邮　　编：110003

发行部电话：024-23284265　23284261

总编室电话：024-23284269

E-mail：lnsecbs@163.com

http：//www.lnse.com

承 印 厂：北京一鑫印务有限责任公司

责任编辑：张　晔

责任校对：李　婉

封面设计：新华智品

责任印制：吕国刚

幅面尺寸：155mm × 225mm

印　　张：8　　　字数：187 千字

出版时间：2019 年 1 月第 1 版

印刷时间：2023 年 8 月第 2 次印刷

标准书号：ISBN 978-7-5315-7841-3

定　　价：39.80 元